1.

ELLA

✕

DULCEMENTE, CAMINABA con los zapatos más azules y bellos que había podido encontrar. Había muerto ayer, justo después de haberselos ido a comprar, lamentablemente cayó por una escalera y su cabeza, se golpeó duro, y ahí su vida, se apagó. Ahora caminaba alegremente por otro lugar, parecía conocerlo, pero lo sentía raro, el sol brillaba un poco más, los colores eran más nítidos, las aguas del río que pasaba cerca, era más clara y totalmente limpia, solo había gente hermosa. pero por alguna razón, se sentía en casa, cómoda y simpática, sonriente, feliz.

No recordaba bien su muerte y su pasado era, algo así como cuando te levantas después de una noche de sueños, que iba desapareciendo lentamente, igual, ella se había levantado hoy en una casa, en un primer comienzo disfrutó de esa cama, tan caliente, tan blanca, tan limpia y de tan buen olor. se sentía joven, como de 15 años, nuevamente, primero le pareció raro, diferente, pero rápido se acomodó, y esa casa antigua, pobre, sucia de la que había venido en vida, pues, de alguna manera, le pareció solo un recuerdo sin importancia, si le pareció diferente su habitación,

Andrés Barreda Noriega

Tabla de Contenido

This is a work of fiction. Similarities to real people, places, or events are entirely coincidental.

EL CIELO

First edition. August 26, 2024.

ISBN: 979-8224453917

Written by Andrés Barreda Noriega.

El Cielo

Andrés Barreda Noriega

Published by Sincerium, 2024.

El Cielo

la otra mas oscura, mas pequeña, la pared con filtraciones de agua, está en cambio, toda blanca, pulcra, amplia y con buena iluminación... pero sus zapatos, los trajo pues Dios, desde su nacimiento, ya se los había comprado, eran su pasaporte y su pasaje, y en su destino, esos zapatos color ángel, estaban ya en su bolsa y pagados.

"Soy Feliz" se dijo a sí misma, y siguió caminando, el lugar parecía una especie de París o tal vez Roma, o quien sabe, pues el cielo es así, hermoso, y ella recién se empezaba a vivir.

Y de pronto, vino un amigo, muy conocido para ella, Uriel... lo conocía desde que se podía acordar, aunque en realidad era la primera vez que lo veía, le dijo par ir al palacio de Gabriel, sin saber que era la casa del arcángel Gabriel, el anunciador y Uriel también era un arcángel, muy querido, pero se le había presentado como un amigo, uno muy cercano... le dijo que Jofiel estaría allí, ella feliz, como si los conociera de siempre... y fue, mejor dicho, fueron... no quedaba muy lejos, y el lugar ya no se parecía tanto a Europa, pero no sabría a qué lugar de la tierra actual tenía parecido, tal vez al pasado, donde todo era mejor... además los trajes de la gente eran tan diferentes y tan bellos a la vez, ella simplemente caminaba, como si siempre hubiese sido así, como si estuviese a la vuelta de la casa donde siempre había vivido, ya los recuerdos del pasado se habían desvanecido, casi por completo, aun recordaba a su mamá y su padre, pero de alguna manera, no los extrañaba, o no sentía su presencia, definitivamente no de una manera extraña, símplemente no pensaba en ello... era como, una fantasía pero a la vez tan real.

Cuando doblaron a la esquina, en una calle muy amplia, grande y hermosa, vieron la Casona donde vivía Gabriel, hablando con mayor respeto, el arcángel Gabriel, él, estaba parado en la ventana, tan rubio como siempre, tan alto, tan elegante, y por supuesto tan buena gente. Ella aún no sabía que no podía quedarse en ese barrio, que no era el lugar donde ella pertenecía, pues ella tenía su propio paraíso, y se encontraba en este momento en la casa de los grandes seres del universo, muy cerca del cielo más elevado, pero de momento, estaba bien allí, pues había sido buena en vida, y había rezado mucho. Gabriel le iba a decir todo, y Uriel la iba a bendecir con bondades maravillosas y abundancia, todo por lo que había trabajado y querido, pues lo tendría... y lo que no le gustaba, pues no existiría más, se había acabado ya.

No necesitaron tocar el timbre, el arcángel Gabriel la esperaba en la puerta y los grandes portones del castillo estaban abiertos, cruzaron la entrada como si siempre caminaran por esos lugares, sin notar los diamantes que le colgaban del cuello, ni los anillos de oro y rubí, tampoco notó que Uriel también había cambiado de ropa, ahora mostraba una camisa dorada y un pantalón rojizo, y una corbata que incluso parecía de cristal, pero todo, a este punto, se daba de una manera tan natural, incluso lúdica. Se saludaron todos con grandes sonrisas y abrazos, como excelentes amigos, y pasaron a la sala a tomar una taza de té.

Gabriel, el mensajero formal de Dios, le dijo pues que había fallecido ya, y que estaba en el mejor lugar, en la casa de los arcángeles, y que esté tranquila, y como en ese lugar no existía el miedo ni la tristeza, la tomó como la cosa más normal del mundo, bueno, es que morir, es totalmente natural, y uno no debe temer ni nada de eso, al contrario, estar sentada en la casa, en el palacio del arcángel Gabriel, quien había desplegado ya sus dos blancas alas y Uriel ya vestido de oro, con sus dos alas ruby, la miraban con tal sutileza, además el té estaba como, digamos, encantador.

De pronto, se dio cuenta de quién era, recordó cuando cayó por las escaleras, y tuvo la oportunidad de despedirse mentalmente de sus seres queridos, especialmente de sus amigos y de su mamá... pues su vida, no había sido tan hermosa, era pobre, trabajaba duro por un sencillo, tenía que transportarse casi dos horas y media para llegar al trabajo antes que un jefe madrugador y maltratador, y la verdad, le parecía hasta cierto punto un alivio tener esos trajes de seda, tan claros como un agua tan tropical como esos que solo había visto en fotos, además su piel ya no estaba tan gastada, incluso su edad se había reducido décadas, ya sus 57 años de sufrimientos se habían visto superados por los minutos que estaba viviendo... y mirando la ventana, un enorme vitral que miraba un campo hermoso, lleno de venados y aves, pavos reales y vicuñas blancas. Todo era tan perfecto y se veía tan real, pues lo era.

Sonó una gran campana, y se saludaron con el maestro del rayo dorado, El Arcángel Jofiel, aunque ella aun no lo conocía, ni había escuchado su nombre en la iglesia, se sintió cómoda con él, pues tenía un aura tan visible, amarilla, y daba tanta paz. El no dijo mucho, solo se acercó y le tocó la frente, sintiendo un mensaje de alegría, felicidad, y sobre todo, iluminación.

Pasaron otra ronda de té, ellos hacían bromas elegantes, y yo ya entendía que luego de esta casa, me iría a mi cielo personal, donde yo misma crearía mi fantasía y la haría ahora mi nueva realidad, y que pasaría allí un tiempo muy largo, y que, cuando sea preciso, renacerá como alguien esta vez mucho mejor que en mi vida anterior, pues había evolucionado mucho, a pesar de ser pobre, había hecho el bien, había cultivado mi alma, creído y ofrecido una vida entera al bien, a Dios...

y aproveché para hacerles algunas preguntas, por que sabía que los arcángeles eran seres antiguos, y ellos me hablaron de Dios, el gran padre, y como lo podías encontrar cualquier día tomando un café en el local de la esquina de tu casa, asi como tambien podría ser un íntimo amigo de la escuela, o como también, El, que todo lo podía, pues podía ser un padrastro noble y bueno, que haga feliz a tu familia ya tu madre, cosa que me hizo sentir bien. El trabajaba, y no se había olvidado de sus hijos, que hacía milagros todos los días, que podía ser un mensajero y el mensaje, y me contaban anécdotas de cómo él había actuado en mi muchas veces, ayudandome a veces, siendo alguien conocido, u otras, un desconocido, un señor que se sentó a mi lado en un tren, o simplemente, un amigo.

Me contaron de otro Dioses antiguos, y como pasaron su estadía en la tierra y en el olimpo, en el cielo, y básicamente, en todas partes, pues eran omnipresentes y omnipotentes, me enseñaron imágenes de sus rostros, e incluso sentir su verdaderas voces, que puede que hayan sido simples ilusiones, pero, ahora completamente consciente de toda, pues el arcángel Jofiel, al tocarme la frente me había concedido sabiduría pura, me ayudó a entender, que esa voz que siempre tuve dentro, en mi mente, era tan parecida a la voz de una diosa, tan amiga, como un ángel, quien siempre dentro mío me indicó en camino correcto, pues ella conocía de antemano mi destino, y esos zapatos azul cielo, ahora tenían sentido.

Al terminar la taza de té, se pusieron de pie, en vida me hubiera puesto nerviosa, pero esta vez no fue necesario... me dijeron que pronto, en cama, caería en un sueño profundo, y que esas imágenes, poco a poco, se convertirían en mi nueva realidad, por un largo tiempo, que iría a lo que los cristianos llamaban el cielo, otros conocían como el paraíso, pues la verdad, era un lugar completamente individual, que se iba a ir creando según la luz de la iluminación, y que si, iba a ser bello, tal como a mi me gustaba, parecido a una realidad imaginada, solo que a mi medida exacta.

Y caminamos hasta la puerta, hacía algo de frío afuera, y naturalmente, me quise ir a acostar, esta vez mi casa no quedaba lejos, estaba a pocos metros, y cerca de allí, nos despedimos todos, pues me habían acompañado hasta mi puerta, un lugar lleno de flores y árboles, con pequeños arbustos también, con frutas, incluso Uriel tomó una manzana de un árbol y la degustó con mucho placer, y al despedirnos, me fui a acostar... rápidamente caí en un sueño profundo, como si me levantara en otro lugar, con un chico guapo a mi lado, quien me sirvió un desayuno delicioso en la cama, con flores, y una carta, que decía bienvenida.

El desayuno estaba exquisito, las sábanas eran color de las hojas de una rosa y el olor era curiosamente similar, estaba desnuda, y no demoré en irme a ver al espejo, ahora mi cabello era rubio y aparentaba una juventud casi adolescente, de como 21 años, pero hoy era mi nacimiento, le pregunté al varón su nombre, y me dijo que se llamaba Siddharta, pero que no era Buda, y se rió, me explicó que ese era el nombre que ella misma le había puesto, que este era su juego y solo de ella. que todos los que conocería aquí, sus amigos y amigas, incluso padres, hijos y hermanos, todos eran su creación, que eran almas, si, pero en realidad eran el ejército sagrado de Dios, un ejército que trabajaba para que ella está básicamente bien. que así era y así va a ser. Y me sentí bien, fui corriendo a la ventana a ver, y dos enormes arcoiris rodeaban el sol, me contó que no existía el dinero y que todo en las tiendas me gustaba, solo bastaba tomarlo y agradecerme a mi misma por haberlo imaginado, y que este pueblo aún no tenía nombre, que dependía de mi, conscientemente darle un título y firmar en la arena, también con el nombre que yo desee... entonces no lo dudé, y me puse de nombre, Lucy Feliz y que todos ya sabrían que me llamo así, simplemente Lucy, y mi barrio hoy se llamaría "El Pueblo Anisín".

De pronto, me enamoré por primera vez, de verdad... y me enamoré nada más que de mi misma... al verme al espejo, me vi tan bien, tan rosadita, tan blanquita y tan rubiecita, con todo mi cuerpo tan como siempre lo quise tener, que simplemente caí en la mayor de mis ilusiones. Fui a mi baño y me esperaban dos sirvientes muy guapos quienes me habían preparado un baño de leche con flores aromáticas y un poco de música, que sonaba a través de la ventana, una flauta dulce tocando canciones que aún recordaba, y la flautista tenía una carita muy amical. La leche estaba un poco más caliente que tibia, una temperatura sinceramente ideal, y me sentía muy cómoda en mi nuevo hogar, enamorada de mi misma "Lucy", me dije... "¿qué auto tendré?"... y por la ventana que tenía enfrente, entró una camioneta wrangler, de un color entre rosado y crema, y la traía un chofer bien churro. La dejó aparcada al lado de mi puerta, como si supiera todo lo que yo ya estaba pensando de antemano, o mejor aún, como si con el pensamiento fuera creando una nueva realidad.

La leche se sentía suave, delicada, nunca me imaginé incluso que podía bañarme en esto, las flores eran bellas, parecían orquídeas del Amazonas profundo, pero olían como a frutas, era un olor tan diferente al que siempre había sentido...

Al terminar el largo baño, escuchando a la flautista a mi lado, con un instrumento precioso, que sonaba espectacular, me pregunto: ¿cómo será afuera?, creo que iré a la playa, conociendo esto, cómo está funcionando, debe de haber un lugar hermoso para bañarme en un mar caliente. Y me paré, y veía mi cuerpo desnudo con gotas de crema y leche, con un par de pétalos en las piernas, tan rosaditas como blancas, y mi silueta al espejo se veía tan sutil. Fui a mi armario a ver que ropa tenia, y efectivamente, tenía los mejores bikinis, y unas falditas de lujo y tan tropicales, así que con las mismas, casi sin darme cuenta, ya tenia una ropa muy cómoda puesta, me miré al espejo de mi cuarto, que estaba totalmente ordenado ya, con la cama tendida y todo, y de pronto, escucho la bocina de mi camioneta que sonaba, y unas voces de amigas que me llamaban por mi nombre "¡Lucy, Lucy!", salí corriendo a ver quien era, y de alguna manera sentí que era mi mejor amiga, sentía que la conocía de siempre, y mis recuerdos de yo ya muerta empezaron a desaparecer naturalmente, simplemente estaba fluyendo en esta nueva realidad, mi realidad. mi cielo.

La playa era hermosa, y no me habia dado cuenta que desde allí, justo encima de una colina, a un poco menos de un kilómetro, pues vivía yo, y cuando pisé mi arena, de mi playa, vi olas perfectas con unos buenos chicos surfeando olas, eran grandes pero no me daban nada de miedo, incluso no dudaba en meterme a surfear casi inmediatamente, incluso reconocí en la arena a mi buen amigo Mike, que me prestó una tabla, me dijo que tenía dos, que se metería conmigo en un momento.

Cuando pisé el mar, con una pulsera de corales en el tobillo y un collar de flores en el cuello, sentí el agua en la cara, tan rica, con un sol alucinante, que alumbraba las olas en el lugar perfecto, en el point estaban mis amigos James y Fish... me saludaron y se agarraron una ola cada uno mientras yo aun remaba, se veían tan bien haciendo un deporte tan lindo como es el de la tabla hawaiana.

Me agarré mi primera ola con una suavidad, como si hubiese surfeado en esta playa en todos mis sueños, aunque en vida pues jamás iba a ninguna, yo había trabajado de empleada doméstica casi todos mis años de adulta, y de niña me habían criado en los cerros, allí donde la pobreza abunda, donde el agua de las duchas siempre es fría y donde por siempre y para siempre uno tiene que lavar sus platos, su ropa, tender su cama y demás.

Hoy surfeaba tranquila, con un viento que me pegaba suavemente en las cejas y en las mejillas, dándole en contra a las olas, viendo un arcoiris de 14 colores en el horizonte. Cogía olas tranquilamente, mis maniobras eran precisas, como si supiera perfectamente lo que hacía, y mis amigos me celebraban las olas y me hacían sentir tan bien.

Cuando nos sentamos en las tablas, alla atras de los tumbos, esperando la serie de olas grandes, estabamos conversando y me invitaron a una fiesta que empezaría en la arena con una fogata, me dijeron que toda la bahía estaba yendo, todo el mundo estaría allí, accedí a ir, entró una ola bastante buena y tirándome un poco de agua me hizo James una señal de que era mía. Casi no tuve que remarla, la bajé y me fui esta vez hacia mi derecha, vi la estela que salía de mi tabla y con la lentitud que más me acomodaba, pues me encarrilé y metí la mano en el agua, la ola empezó a acelerar y vi como una cortina de agua cristalina me tapaba por encima de la cabeza, el tubo se lanzó largo, me rodeó totalmente, yo solo avancé de la manera más natural, totalmente parada, con las piernas estiradas casi y los dos brazos abiertos, de pronto sentí una fuerza que me impulsaba hacia afuera del tubo y cuando estaba saliendo escupida por el spray se tiró otra sección tubular más grande y más profunda en frente mío, me agaché un poco y con sutileza rocé la mano derecha con la ola y salí limpiamente ya toda velocidad, directamente a una sección para volar, me metí un aero enorme, como de metro y medio de altura, solo agarré la tabla con la mano y caí perfecto encima de la espuma, casi como si fuera un colchón super cómodo y fácil de aterrizar. al verme en la orilla ya... escuché a unas amigas ya unos amigos que me saludaban con grandes silbidos desde una terraza en la arena, yo los saludé en la mano y vi el cielo con un clima tan hermoso, pero a su vez tan caluroso, que me provocó tomar un jugo de frutas helado o algo asi.

Salí del agua y le devolví la tabla a mi amigo, pero terminó regalándome, yo no quise aceptar al inicio, pero simplemente me dijo, "es tuya" y con una sonrisa y un agradecimiento de corazón la acepté. El me hizo un cariño en la cabeza y me dijo, "anda corre, te están llamando" y me fui.

La gente me saludó y de alguna manera yo ya conocía a todos por nombre y apellido y ellos a mi. Me ofrecieron de todo para tomar, elegí una piña colada que probé y estaba deliciosa. La música era super bailable, pero a ciencia cierta nunca habia escuchado este género musical, probablemente no existía antes, pero no me daba cuenta de esos detalles, era todo tan natural y relajado, que como que me daba igual, se me acercó un chico y me invitó a bailar, al saludarme me dio un suave besito en la boca y bailamos dulcemente un buen rato, el beso había sido tan sutil que no lo sentí para nada mal

La música era entre reggae y rap, algo en el medio, aunque con punteos de guitarra y teclado, y al ver detrás de la cortina, vi un ambiente lindo, lleno de gente, con la banda tocando, el cantante me saludó con el micrófono y yo le mandé un beso volado, la gente estaba divertida, la playa estaba al lado, pero el piso de mármol blanco y el techo de cabaña de cocoteros y eos 20 o 25 personas que estaban allí, sentados y parados, moviéndose al ritmo de la música, suavemente, una amiga me agarró la mano y me llevó a la pista de baile, éramos de pronto 5 bailando en un círculo, 3 hombres y dos chicas, todas entre 18 y 21 años, y ellos como de 25.

Hasta que lo vi, y le dije que quería que sea mi novio por esa tarde, él me dijo que sí, luego le pregunté su nombre, se llamaba Jules Power. Bailamos en el centro del círculo largo rato, nos besamos dulcemente y al poco rato, me llevó a una habitación para conocernos mejor.

Una vez allí, me preguntó si me quería dar una ducha juntos, ella me dijo que sí, entonces le dije, Lucy, sabes que es tu primera vez ¿no?, tienes que recordarlo, ella lo había olvidado, pero me agarró la mano y me besó. Me dijo que quería perder la virginidad conmigo y ahora mismo. entonces la bulla se calmó, el silencio calló así como que se oscureció un poco la tarde, el cielo se puso como un atardecer nuevo, salimos por la puerta de la ventana corrediza de la habitación, y no había ni gente, ni olas, ni música. Le dije "estamos solos Lucy", ella me dijo sí, justo como siempre lo desee... entonces le quité las sandalias, el bikini y me desnudé yo también. la tomé de la mano y la llevé a la ducha que ya estaba caliente y votando vapor, los espejos estaban empañados pero podía verla, se había puesto mucho más hermosa que hacía un rato entonces empezamos a reír, creo que ella me diseñó a mi tambien mejor, como su hombre ideal. Y la tomé de la cintura y nos besamos, nos besamos mucho, por largo rato, la toqué toda, la vagina tan virgen aún, con pocos bellos púbicos y unos pechos deliciosos que me dejaba besar, ella me hizo tambien sexo oral por un rato hasta que casi explota mi cabeza. Luego, una vez excitados totalmente los dos, cerramos la ducha y fuimos corriendo casi a la cama... estaba alumbrada por unas velas, muchas velas, algunas en candelabros y otras en el suelo, encima de la mesa de noche, su pelo se había secado y era suave como la seda, y bajé por su ombligo y lo empecé a besar, ella me agarró la cabeza, y la descendió un poco más hacia su vagina, le besé el clítoris largo rato, y pude ver su himen, aun entero y con mi dedo índice se lo empecé a masajear, para que ella lo sienta, y se sonroje.

"Hazmelo", me dijo... "es hora". y cerró los ojos verdes turquesa que tenía, y puse con la mayor delicadeza mi pene en el medio de su chucha, y lo empecé a acariciar contra los labios vaginales, para que naturalmente se abran, ella abrió las piernas, y me miró a los ojos, le dije que la amaba, y le dedique la mirada más sincera que podía existir, y con un movimiento fuerte, la penetré, ella hizo un pequeño sonido, algo como "¡ay!" y suavemente, entré, no muy profundamente primero, pero ella se puso muy excitada, le pregunté si le dolía y que si quería que continuara, pero sin decirme nada, me volteó, y me puso abajo, entonces ella, suavemente, y con delicadeza, se subió encima mío, casi no sangraba y definitivamente no le dolía casi nada, más era lo excitada que estaba, y me empezó a hacer el amor, se movía como un ángel, linda, probablemente lo más linda que uno siquiera puede imaginar, mucho más hermosa de lo que la había conocido con bikini en la reunión.

Salió la luna por la ventana, una luna llena, ella la miró y ambos como jugando empezamos a aullar, nos reímos mucho, y seguimos haciendo el amor. Ella había tomado completo control del sexo, me disfrutaba, se regocijaba, cambiamos de posición y puso sus dos manos sobre la cama y las dos rodillas también.

El sexo empezó a fluir plácidamente, ella y sus pechos crecían, ya tenía una apariencia como de 23 años y yo tambien me sentía diferente, ya no tenía apariencia de que acababa de perder la virginidad, su cuerpo era espectacular, tan sensual, el sudor le caía por entre los senos y yo tambien me empece a foguear, gemiamos los dos, su primer orgasmo no tardó en llegar, su primer orgasmo, yo sentía como su respiración se aceleraba, y sus gemidos se intensificaban, el segundo orgasmo llegó como un león en celo, y una leona enfurecida, pero seguimos, yo aun no me venía, y ella se puso loquita, probó dos posiciones mas, estaba feliz, su sonrisa y su cara de exitada fluían, me besaba todo el cuerpo, sacaba la lengua y me miraba fijamente, yo la voltié y me relajé, ella hacía todo el trabajo, estaba exitadísima, y me miraba de espaldas a mi, ella encima mío mirando hacia atras, gimiendo tranquilamente, acelerandose, y acelerándose mas, e incluso mas, hasta que de pronto, se vino por tercera vez, habían pasado casi una hora o no se cuanto, la verdad es que el tiempo aqui era tan extraño, dificil de medir o de calcular, incluso podia ponerse casi como que en cámara lenta por momentos y la veía a ella en un ritmo pausado, tan mojadita, tan fresca, a veces gritando y a veces diciendome mi nombre al oído, amándome profundamente.

Hasta que me llegó el momento, yo sabía que pronto llegaría y bajé la velocidad luego de su último orgasmo para llegar al climax juntos, estaba lento, muy lento, suave y despacio, con amor. Poco a poco fui dándole intensidad, acariciando su clítoris, lentamente primero e iba dando como vueltitas, estimulandolo, penetrándola ya casi sin respeto, ella tampoco me respetaba ya, estábamos a este punto hechos unos locos, cuando vi que se acercaba su último orgasmo, liberé mi yo interno y me puse hecho una bestia, sabia que podia eyacular dentro suyo y que no se iba a embarazar o algo por el estilo... entonces aceleré y ella también, se empezó a poner como una salvaje, yo también. Nos miramos a los ojos, y juntos, entre sudor y gemidos locos, nos venimos juntos, el placer fue máximo, mi eyaculación fue poderosa, ella me sintió dentro suyo y me sonrió, me dio un beso en la boca y lentamente se salió, me beso la barriga y besándome fue bajando, hasta que con su lengua, me limpio el semen de la pinga, y pronto, caímos rendidos. Cansados pero agarrados de la mano. Empezamos a descansar, de pronto, se levantó, y se fue a ver el mar, aun desnuda se paró en la arena a ver la luna que estaba sobre el mar, entonces yo, con una túnica de seda amarilla y verde en la cintura, y un collar de flores pequeñas, la abracé por la espalda, y juntos de la mano, fuimos al mar, y con los pies mojados por la suave agua, nos besamos una vez más, un beso largo y profundo, tan francés como el croissant.

De pronto, nos llamaron de la fiesta, que quedaba cerca, sonó mi celular, y fui a contestar, eran unos amigos mutuos, nos invitaban a tomar un trago, y le pregunté, ella en la arena ya estaba lista y cambiada, incluso su boca parecía recién pintada, como si el maquillaje le había caído con el viento, su pelo limpio, peinado, pero libre a la vez, y yo con mi camisa floreada, abierta y un jean azul claro, unas sandalias de hemp y suela de cuero. Nos sentimos muy bien juntos, y caminando de la mano por la arena mojada, sin siquiera ensuciarse los pies, caminamos 3 o 4 casas hacia la izquierda, y vimos dándole la vuelta a una enorme roca que colindaba con el mar, una gran fiesta. Y todas sus amigas le pasaban la voz muy animadamente para que venga a divertirse, yo la miraba desde la roca, parado, encima como ella se perdía entre el grupo de amigos y amigas que animadamente la recibían. un amigo me pasó la voz, y yo también entré, la música estaba buena y me senté en un sillón a conversar.

Ella caminaba entre la gente, sus amigos y amigas la saludaban con cariño, con toda naturalidad, ya se había olvidado por completo de lo de su pasada muerte, en la tierra probablemente había transcurrido uno o dos minutos, la gente estaba arremolinada a su lado todos gritando, alguno llamando a sus familiares y a la policía, la estaba queriendo tapar con papel periódico o en el mejor de los casos con bolsas, aunque sea de basura, pero ella, ya no estaba con vida, recién la habían encontrado, muerta.

Mientras caminaba tranquila en el cielo, con varios amigos a su alrededor, todos conocidos, la gente joven, esta vez tenían como 18 años, o algunos 17 y 19, jovencísimos. Como si recién se tomarán sus primeras cervezas heladas, todo era nuevo, el sabor y el olor de una primera cerveza en el cielo, y una segunda y una tercera.

Vino el dueño de casa y se presentó, era un chico muy gentil que se llamaba Jean, le dijo que estaba feliz que le hayan avisado que estaba invitada, que se divierta, que luego de la fiesta había un after party en el penthouse del edificio más alto de su barrio, con un Dj excelente que había venido desde muy lejos a tocar hasta el mediodía. Ella pensó que quizás le iba a dar sueño, pero no negó la invitación, incluso Jean le dijo que aquí tenía un cuarto que podía usar, levantarse temprano e ir al after party con sus amigos, que ofrecerían un gran desayuno, con todos los mejores gustos que se podía imaginar. Agradecí con mucho gusto y le dí un besito limpio en los labios de agradecimiento. El me sonrió y me agarró la mano, me dijo "ahora vamos a divertirnos" y me trajo un trago riquísimo, sabía delicioso, como a fresas con leche, incluso no se sentía el sabor a alcohol, pero si estaba fuerte. Y nos fuimos de la mano a conocer a sus amigos y amigas, había una chica que era muy guapa y me estaba mirando fijamente a los ojos desde lejos, él lo presintió y me llevó directamente donde ella, pero a media distancia me soltó la mano y seguí caminando como un imán hacia ella, casi como si mis pies se deslizaron. ella me miraba con ojos de gata sexy. Yo me acerqué como moviendo la cabeza al ritmo de la música, y cuando me acerqué, creo que por primera vez en mi vida, besé a una mujer, es que era tan pero tan bonita y cautivadora que me dejé, "hola", me dijo, "hola Claudia" le respondí, hace un tiempo que no nos veíamos, me ofreció un cigarrillo, me lo puso en la boca y lo encendió con un encendedor rosado. ella tenía el pelo totalmente negro, la cara blanquísima y unos ojos celestes super brillantes y claros. estaba vestida con una chaqueta de cuero y parecía que no llevaba nada abajo, pues se veían el medio de sus dos tetas, me pareció un look tan cool, que decidí copiarlo, y al conversar un rato con ella, de lo que había hecho los pasados años, me di cuenta que efectivamente no llevaba nada debajo de la casaquita, sus tetas se veían tan sueltas, tan redonditas, no eran ni grandes ni chicas, y con la punta de la uña, se las acariciaba mientras conversábamos, y ella con toda naturalidad a veces me jugueteaba en la mano y otras veces simplemente se arremolinaba el pelo con su mano izquierda.

De vez en cuando me agarraba la cintura y jugueteamos con las palabras, yo entendía de antemano que nadie nos juzgaría, incluso cerca a nosotras habían dos chicas que se besaban plácidamente y cómodamente en un sofá, y nadie las miraba ni bien ni mal, solo las dejaban ser. Y cada vez me sentía más cómoda con esa sensualidad libre, el día de hoy había sido delicioso.

En vida ella nunca había hecho eso, su hermana opresora siempre le habia hablado mal del sexo y su padre prácticamente la había mutilado sexualmente. Hoy estaba disfrutando de todo lo que se había inhibido mientras estaba viva, pero ella ya no sabía eso, simplemente disfrutaba como si fuera lo mas normal del mundo, sintiendo el ritmo de la música y saludando a los que le daba la gana con un beso en la boca, ellos con naturalidad la saludaban y le conversaban y le preguntaban cosas como que cuando surfiarían, o cuando viajarían, que estaban planeando un viaje a una isla paradisíaca que no quedaba muy lejos, que la invitaban, y que se vaya a conseguir unas 3 o 4 tablas hawaianas, que en unos días, cuando una buena crecida azote ese mar, le iban a tocar la puerta al palacio y que esté lista nomas, que en esta época el clima era bueno, y que tendrían un bote a velas bien grande para ir de playa en playa tranquilos, con gente cerrada y privada, surfear solos y todo tipo de detalles positivos, ella estaba feliz mientras veía que la chica que estaba al otro lado de la fiesta y sus dos amigos, se habían desnudado y por el otro lado en un aciento tambien estaba la más hermosa del lugar desnuda y la gente ni la molestaba, yo también me calatié sin pensarlo, como si fuera lo mas alucinante que se me pudo haber ocurrido, y todo el grupo con el que estaba conversando me siguieron, y lo más curioso es que entre risas, seguimos conversando de casi los mismos temas que antes.

Pasó una chica vestida de blanco regalando coronas y pulseras, a todos, hombres y mujeres, me pusieron una corona bella, era de flores blancas, tenían un olor dulce y fresco, todas las coronas y flores de todos estaban fresquisimas y emanaba un nuevo olor por toda la mansión, había más o menos unas 200 personas y como un juego, toda la gente se iba quitando la ropa, y dejándola en un mismo sitio, como si no importara si se perdiera o nada. yo solo tenía puesto unos cuantos anillos de brillantes, varias pulseras blancas en una mano y unas botitas de cuero también blanco en la otra, en el tobillo usaba un brazalete y corona, las tetas me bailaban y la verdad, normal.

Empezamos a bailar toda la casa, sacaron unos antifaces para los que estábamos bailando, y nos acariciamos los cuerpos desnudos unos y unas contra otros, a este punto ya no me importaba si era hombre o mujer, si eran uno, dos o tres. estaba feliz simplemente, todos me decían "Lucy estás hermosa, así calatita te ves muy bien" otras me decían "bella y belleza" y me besaban el cuerpo y los labios. Mi vagina tenía solo unos cuantos bellos de color muy claritos y pequeños, rubios y castañitos. Me empecé a besar con tres hombres a la vez, y luego se sumó una chica que era recontra divertida, reía mucho mientras me tocaba toda. Yo estaba muy excitada, los chicos eran guapos y me tocaban sutilmente incluso se acercaban más de lo usual y con sus penes dejaban que me frote la pierna. Cada vez me exitaba mas y mas, la gente estaba en lo suyo, empece a ver por toda la pista de baile la gente con los antifaces haciendo locuras, teniendo sexo abiertamente, unos contra el suelo, otros parados, yo me agaché y empece a tener sexo oral con todos, absolutamente todos los hombres que me habían rodeado, me faltaban manos, y me sentía tan cómoda, como si fuera un sueño, en esos sueños en que nadie te juzga, que son únicamente tuyos, incluso los vas a olvidar a media mañana.

Pronto me estaban penetrando, yo seguía chupándole esta vez a una chica que me había abierto las piernas, estaba en el piso, la música había subido el volumen y el tono se estaba convirtiendo rápidamente en un locurón, una orgía masiva. Todas estabamos en las mismas, pero decidimos ir corriendo toda la gente a bañarnos en el mar, muchos se quedaron relajados teniendo sexo alli, pero yo y mis amigas fuimos a bañarnos todas, solo chicas al mar. Los varones nos miraban desde la arena mientras nosotras jugábamos desnudas con el agua, nos tirabamos gotas de agua en la cara y reíamos alocadamente, el agua estaba totalmente caliente, y la luna alumbraba muy bien, todo estaba nítido, no había nada de frío. El océano se sentía tan bien, el sonido de las olas, la música, las luces de las casas, todas grandes y gigantes, llenas de gente, por todos lados habían fiestas, en la playa habían como 3 fogatas con gente tomando cerveza y otros licores. Salimos del agua y me trajeron un bikini, me lo puse rápidamente y me alcanzaron también un pareo que me rodeó la cintura, y asi, descalza, me pasaron la voz en una fogata cercana, conocía a todos ya todas, estaban planeando un viaje al desierto, me dijeron que había un lugar que decían que era realmente mágico, que las flores crecían de noche, y que de día siempre habían arcoíris por todo el cielo, y que cada cierto rato a pie o en camello, habían oasis donde había gente de todos lados reunidos y compartiendo filosofía y haciendo magia blanca. Que habían poetas sueltos escribiendo al lado de las pequeñas lagunas, tal vez debajo de una palmera con odaliscas y damas desnudas que los atendían para que la inspiración sea pura, y que en las noches hacían teatros improvisados con todas las obras que habían creado durante el día. Yo acepté feliz ir, pronto partiremos en camionetas pues quedaba cerca, iríamos una caravana como de 8 camionetas, con todo lo que necesitábamos, que yo solo lleve lo que tenía puesto y lo que quisiera comer para el camino, llevamos fruta de todo tipo y que estarían mis mejores amigas, que hace una o dos semanas que no las veía y ya las estaba extrañando bastante. Quedamos en ir pues, y como que me tomaba una cervecita, me senté relajado en la arena con mis patas, me di cuenta, que como una mariposa se convierte en mariposa, yo, sin darme cuenta, me estaba convirtiendo en hombre, en un joven musculoso, me levanté y miré al brujo que tenía atrás, se reía, prácticamente a carcajadas. Lo mire con mi cara de varón, y solo le dije que gracias. Como si lo que había hecho, de alguna manera desconocida, me caía muy bien. Empezó a salir el sol, tomé una tabla hawaiana que estaba en la orilla, y me metí, el mar estaba tranquilo, glass como aceite, plano, y cada cierto rato, entraba una ola, no muy grande pero con condiciones clásicas. Cada ola que entraba era mía, simplemente todas, llegaba una cada dos o tres minutos, siempre iguales, perfectas, con cuerpo de hombre las surfeaba mejor, tenía más fuerza para las maniobras, era mejor que un profesional, ni siquiera usaba pita en el pie, incluso la tabla no tenía para usar pita, yo tenía la plena confianza de que no iba a caerme, hacía todas las maniobras con precisión. Las olas empezaron a crecer conforme el sol iba iluminando el cielo, y poco a poco el día se hacía más claro, aparecieron unos delfines y a lo lejos, saltaba una ballena y su cría, jugando. Veía su enorme cola, y las olas llegaban a mi siempre, no importa donde estaba, los picos entraban en mi sitio. Los tubos eran amplios, algunos más profundos y otros más lentos, grandes, entraba parado o agachado, otras veces comprimido pero siempre salía después del spray de la ola. los aeros eran altos, además mi ropa de baño era muy cómoda y elástica. Surfie toda la mañana, las chicas que entraban a surfear conmigo me conocían, y yo a ellas, a este punto había olvidado que había sido mujer, o por lo menos no lo tenía en el inconsciente. Pronto, me dio hambre y veía que me llamaban desde afuera para ir al after party, me había olvidado completamente de bailar, en la arena estaba el brujo y cuando lo saludé, me dijo: "muy bien Lucy", "diviértete", vi mi cuerpo, y estaba revestida en mis cabellos rubios y mi faldita, mis piernas eran de dama y usaba un polito teñido hermoso, yo me reí y le agarré la cabeza al brujo y lo despeiné, le dejé la tabla y le dije que la usara, que era tabla de hombre, él se quitó el poncho y el chullo y los collares, los dejó en la arena y nos despedimos, él se fue al mar corriendo convirtiéndose en un joven ágil que entraba al mar corriendo y se lanzaba sobre las olas, yo volteé a verlo y él estaba ya concentrado en entrar a un bravísimo mar, esta vez habian como 15 personas o más en el agua y las aguas estaban enfurecidas, me senté en la arena sola, un rato a mirar, disfruté mi soledad un rato, me sentía bien como mujer nuevamente, el brujo estaba tomando las mejores olas, lo reconocía fácilmente de entre los tablistas. Era más bello, mejor tablista... y me relajé, me eche en la arena y cerré los ojos y dormí, empecé a soñar, tuve muchos sueños, a este punto difícil de describirlos, y cuando desperté, estaba en una cama, en pijama, un babydoll muy bonito, reconocía esa cama, pero curiosamente nunca había estado allí, me acerqué a la ventana, y veía todo desde muy alto, como si estuviera en un edificio altísimo, a unos 30 pisos de altura o más, la habitación era hermosa, color amarilla pastel. la cama estaba tendida ya, yo estaba allí sola, abrí la ventana y sentí el aire a esa altura, mi pelo se volaba, la pijama era pequeña, mi vagina estaba expuesta, esta vez sin ningún vello, mis piernas y mis pies descalzos, mis uñas pintadas de blanco, y yo, ahí, dándole la cara al viento, que mecía mi cabello, y se sentía tan bien. El sol estaba enfrente mío, y lo podía mirar directamente, pero a mi lado habían unos lentes oscuros, también blancos, con una luna muy buena, además el modelo me quedaba tan bien, cuando me mire al espejo tenia puesta una ropa blanca muy adecuada para el momento y unas sandalias de cristal de cuarzo que eran muy cómodas. Me pasaron la voz, con sutileza me tocaron la puerta, me avisaron que había un desayuno excelente, que si quería podía ir a tomar un poco de café y comer algo.

Yo me acerqué a la puerta y agradecí por un nuevo día, y salí. Estaban muchos amigos que también los había visto ayer, pero esta vez si estaban con ropa, todos, y muy bien vestidos, la mayoría de blanco, y al pasar el rato me dí cuenta que todos estaban de blanco, y que toda la casa era blanca, mesas, cubiertos, vajilla, sillas, todo blanco, incluso el tornamesa de Dj, todo blanco, la música era muy suave, rítmica, con un beat prolongado, y había un guitarrista de pelo largo con una guitarra completamente roja, era lo único de otro color en el departamento, bueno, aparte del café y los sanguches y la demás comida, como frutas y esas cosas. El tocaba punteos con la guitarra acompañando la música del Dj, que emanaba como ondas suaves y lentas, ideales para una mañana como esta. Pasaban champaña helada, algunas mezcladas con diferentes jugos, champagne con jugo de maracuyá y otra con mango, probé una de cada una, estaban simplemente deliciosas las copas, además la forma como el cristal tenía incrustaciones de diamantes en bruto, grandes y pequeños, todos tenían esas copas, las tazas de café habían pasado ya al olvido, y la mesa de comida ahora era de puros dulces, había todo tipo de tortas, y cositas más pequeñas, como para comerlas de un solo bocado, y me acercaron un bocadito de estos, de verdad que estaba muy rico. Era perfecto para la mañana.

No me sentía cansada, al contrario, todo se daba de una manera tan natural, como si siempre hubiese vivido aquí, y que siempre había estado con estos amigos, y mis amigas eran chicas que conocía de una larga trayectoria.

No tenía idea de que en la ciudad donde había vivido, estaban tratando de revivirme, metiéndome cachetadas durísimas, pero mi cuerpo sin vida ya no le importaba nada, que mi mamá no había llorado por mí, que mi hermana no había contestado el teléfono cuando la llamaron, ya no me importaban esas cosas, y la verdad, no tenía idea de que estaba sucediendo eso, de que los policías habían metido la mano a mi billetera para fijarse en mi identificación y que habían robado el poco dinero que tenía y mi pequeño celular, un aparato viejo que probablemente ya ni lo puedan vender, pues ya no estaba.

Mi realidad ahora era otra, el paraíso, todos los chicos eran guapos, y al parecer todas las mujeres éramos, y me incluyo, pues bisexuales, que todos los saludos eran besos deliciosos en los labios, que aquí no existían los celos ni la fealdad, mucho menos la maldad, todo era sonrisas y paz, además conocía a todo el mundo, como una verdadera reina, todo era juventud y lujos, pero no existía la soberbia, solo un océano muy turqueza y un cielo azul espectacular, hasta las rocas eran bellas, las joyas eran gratis, la ropa olía a limpio y parecía totalmente nueva, pero era tan cómoda como si siempre la hubiera usado.

Me senté a rezar un rato, se sentía bien hacerlo, en vida siempre había orado, solo que ahora no estaba sola en un cuarto sucio y maloliente, que era la habitación de empleados en la casucha donde trabajaba; ahora pues estaba con gente y todos agarrados de la mano, rezándole a Dios y sus ángeles y arcángeles, quienes me dijeron en entresueño, que pronto me visitaron, incluso los podía ver con los ojos cerrados, estaba el arcángel Uriel y el arcángel Rafael, quien con su traje verde había curado todos mis males y me había dado libertad total para ser feliz.

2.

PAISAJES

Me tocaron la puerta, yo ya estaba despierta, me dijeron para ir a un oasis cercano, y recordé que me habían invitado hacía un par de días en la orilla, en una fogata. Uriel estaba manejando la camioneta en la que me invitaron a subir, era un camioneton, toda color oro y rubí, Uriel reía y me conversaba, me decía que él personalmente había ayudado a diseñar parte de esto, lo hizo solo con un soplido, y que ahora se pondría mucho mejor, que viajaría a lugares hermosos, que la vida que en la tierra nadie imaginaba que podía existir se me haría realidad, que podía hacer lo que quería incluso lo que creía imposible como volar o estar abajo del agua largo rato y viendo todo, que ningún animal nunca la atacaría y que básicamente, podría hacer cualquier deporte extremo pero que jamás sentiría dolor, solo lloraría de felicidad y de risa, el mal en este lugar simplemente no existía, solo abundancia y cosas positivas, ni enfermedades ni muerte, ni sangre ni sufrimiento y mucho menos pobreza. Pero que había venido hoy por otro motivo, me dijo que en la tierra me estaban velando, que era mi funeral, y que si quería podía ir a presenciarlo, aunque sea un ratito, luego regresaremos e iría con mis amigos al oasis. Yo le dije que sí, que no me parecía mala idea, y allí estábamos en la pequeña casa de mi madre, no había mucha gente, unos cuantos familiares y un par de amigos, comiendo ellos, tomando vino, mi hermana pasaba aperitivos, y yo ahí, en el ataúd, con solo mi padre mirándome, mi mamá sentada en un rincón. Me acerqué a papá y le toqué la mejilla, que pronto lo vería tal vez, Uriel me dijo que yo sabría cuando mi padre y mi mamá pasen a la otra vida, incluso mi hermana, yo podía tomar mi forma antigua y ayudarlos a pasar, si es que quería, aunque realmente no era necesario. Dije que sí, que porqué no... no me parecía mala idea, pero me dijo que el cielo de ellos iba a ser tan privado como el mío, con sus propios ideales y sus propios amigos, y que a su momento, luego de ubicarlos, los dejaría y les permitiría vivir su propia experiencia. Yo entendí. Fui a verme por última vez, mi hermana se acercó al ataúd, y me miró, yo desde mi invisibilidad la miré, y sin que me sienta, la toqué, y le dije adios. Miré a Uriel, una última mirada a mi casa, y cerré los ojos, al abrirlos estábamos nuevamente en la camioneta, estábamos llegando al oasis, me dijo que había sido muy valiente, y que si quería podía olvidar, pues tu propio funeral era lo más triste que podías ver, pero le dije que no, que tal vez en algún momento quiera recordarme y recordar a mi familia, él sonrió, y simplemente me dijo, "esta bien, bueno"... y cambió de tema, el lugar era alucinante, dunas enormes y pequeñas se extendían hasta el horizonte, y el viento se escuchaba hasta dentro del carro, las arenas del desierto eran de un color crema bastante claro, con sombras pronunciadas, aun era temprano por la mañana y el sol no quemaba mucho, pero si alumbraba. En el carro apareció Rafael, el arcángel Rafael, simplemente apareció, y me tocó el hombro, Lo saludó a Uriel, y me dijo que como estaba, yo le dije que me sentía bien, él sabía donde acabamos de estar, y me preguntó si quería conocer a Dios. Por supuesto, le dije, me dijo que estábamos yendo a donde el, que luego me encontraría con mis amigos, pero primero, gracias a que siempre fue fiel, tenía la oportunidad que muchos no tienen, conocer al Padre, y que esto no sería parte de mi cielo, sino que iríamos al verdadero cielo, allí, donde la mayoría no llega, solo almas puras, que pasó por muchos temas, y que siempre pues, mantuvo la fé en Dios, hoy tendría la oportunidad de ser su amiga. Mi ropa cambió inmediatamente y la limusina donde ahora estábamos sentados los tres, había dejado atrás la camioneta, ellos lucían ropa de arcángel, con las alas recogidas pero brillantes, aunque yo los quería mucho y siempre los trataba con una sonrisa, los respetaba mucho.

La limusina giró, en una calle amplia, gigante, íbamos en dirección directa al sol naciente, que iluminaba el cielo como en la tierra nunca se había visto. Y a lo lejos, el castillo del Padre, con colores tan claros, tan amarillos, tan celestes, tan blancos, con un jardín tan lleno de flores de todos los colores, y yo, de alguna manera me sentía como si estuviera entrando a mi propia casa, me sentía tan bien en ese lugar, nunca, ni en mi propio cielo habia sentido tanta sensación de pertenencia. Nos acercamos al castillo, y en el pórtico, podía ver al arcángel Miguel, vestido con su traje azul, con sus alas inmensas, desplegadas totalmente, estaba parado justo delante de donde se detuvo el auto, me abrió la puerta y me saludó, me tomó la mano y me besó el anillo de diamantes, y tomada de la punta de los dedos, me bajó de la limusina, ellos bajaron también atrás mío, también desplegaron las alas, la puerta estaba abierta y cuando lo vi a Dios sonriéndome, corrí y le dije Padre, te he extrañado mucho, el me respondió que siempre había estado conmigo, que si me gustaba el lugar que me había regalado, que era mi cuna, aunque siempre será joven allí, por ratos más madura, y si era necesario señora, pero siempre podía regresar a niña, adolecente y lo que quería, que era libre en el cielo. Lo miré bien, tenía una camisa blanca, la barba negra, el pelo corto pero no tanto, por la edad le calculaba unos 63 o 64 años, no más, pero tenía una apariencia de sabio incalculable, por eso creo que usaba lentes, y tenía una pequeña calva en la cabeza, el saco azul marino y unos gemelos hermosos de plata en la camisa. Sus palabras retumbaban por todo el lugar con un eco, me dijo que era divertido ser un Dios, que andaba con los humanos siempre ayudandolos, que le encantaba estar en California y en las playas de Israel y Grecia, que a veces se daba una vuelta por Katmandú y Perú, pues en todas partes, la gente le oraba, y que a veces se retiraba, y venía a relajarse, pero que un dia en el cielo equivalía a una milésima de segundo en la tierra, por eso tenía también mucho tiempo libre, que le encantaba pintar paisajes, dibujar atardeceres para las islas del pacífico, sembrar árboles en la selva amazónica y bañarse en ríos en la india, allí donde por ratos solo habían tigres y venados, en paz y en armonía, caminábamos por su casa y me invitó a sentarme en una terraza amplia, con un jardín que llegaba más allá de lo que alcanzaba la mirada, con riachuelos y animales, corrían perros y gatos de todas las razas y en el cielo habían águilas reales y cóndores.

Estaba feliz con mis amigos y mi padre, Dios, el verdadero, él sonreía haciendo una gran bulla con su risa, la risa de Dios sonaba por todo el lugar, hasta por el cielo, que estaba con una luz totalmente, para empezar, no era azul ni roja ni verde ni nada de colores que jamás haya visto antes, él tenía sus propios colores, lo más parecido que puedo decir es colores de frutas y con nubes que tal vez estaban en un color parecido a una sandía bien puesta, y otras color maracuyá y algunas partes de la naturaleza divina eran del color de la pulpa de un mango, Dios simplemente caminaba, sin zapatos, con sus pies antiguos, en terno sí, pero se le veía sport, y sus pies andaban por un pacto libre, entre pequeñas flores coloridas.

Me decía que el único objetivo de la vida era ser feliz, mas que nada, eso te llevaba a vivir en paz, que el humano se complicaba mucho con los deseos, que al final se frustraron, casi siempre, y eso llevaba invariablemente al sufrimiento, pero que las cosas en realidad eran un aprendizaje, y lo que teníamos que aprender al fin y al cabo, es lo más simple, vivir tranquilo o tranquila, sonreír de vez en cuando y sentir la brisa caer en tu cara mientras miras un paisaje bonito, sentir el abrazo de una abuela, la sonrisa de una hermana menor, de una hija, de tu pareja, que el mundo se había concentrado en la ambición y en la ansiedad, pues esto estaba muy mal, pero los dejaba ser como quisieran, que había gente que estaba por buen camino, a Él la daba igual, total, todos eran sus hijos y los quería por igual.

Yo solo estaba admirada, era totalmente consciente de todo, de todo absolutamente, como si mi inteligencia se hubiese disparado en los pocos minutos que estaba aquí, los arcángeles simplemente lo acompañan, lo dejaban hablar, con mucho respeto, yo era la invitada, Dios me trataba como a una hija, un padre que siempre estuvo a mi lado, engriendo, dibujándome una sonrisa en la cara a cada momento. Pero sí le pregunté por el mal en el mundo, y me dijo que todo es parte de un balance y de las decisiones que tomaba cada uno, nada más, que la rueda del karma traía lo que cada uno merecía, pues la vida, como la luz, tenía sus sombras, que había gente que le gustaba, pero que al final, todo estaba en la mente de cada, pues todos crean sus ilusiones, sus fantasías, amores y sueños, así como también sus pesadillas,traumas y miedos.

Pero paramos de hablar de eso, me ofreció algo de tomar, me trajeron un vaso de agua, que sabía a gloria, estaba tan helado, pero no tenía hielo, era la mejor agua que había probado en mi vida, le pregunté por el agua, me acercó a su ventanal y me enseñó una cascada, repleta de ángeles, me dijo que de esas aguas la habían traído, y me tomé un sorbo más, él también tenía una copa, de algo que parecía ser vino blanco, los arcángeles nos habían dejado solos. Nos sentamos en una terraza, una nueva terraza que miraba a la cascada.

Me habló del futuro, que las cosas cambiarían mucho, al parecer para los humanos iba a empeorar, pero la naturaleza tenía que mejorar, respirar un poco, volver a crecer, pero que a mi ya no me importaba eso, lamentablemente, había salido de la ecuación, que era hora de disfrutar. El estaba echado en una hamaca que se veía muy cómoda, pero a la vez sencilla, puso sus dos manos atrás de la cabeza, me miró, y me dijo mi nombre que usé en vida "Gladys" y se rió, "ahora recién vas a empezar a vivir" y de pronto, asi, nomas, me encontraba sentada en el oasis, con mi amigo el brujo, los arcángeles y Dios se habían ido, pero dentro de mi cabeza aun los pude ver, a todos apretados, unos al lado de los otros, despidiéndose tranquilamente, como si solo el tiempo nos volvería a juntar.

El brujo me abrió los ojos con sus dos manos, delicadamente, yo abrí los ojos y mi cara estaba extasiada, había conocido al Padre, a Dios, pero las palmeras y la laguna del oasis se extendían frente, solo había un yogui cerca, no había nadie más, él estaba en posición de loto, con una barba blanca y un turbante enorme, su pelo caía un poco por la espalda, era entre canoso y verde, y llevaba un traje de lino. Me paré y caminé un poco, mis pies descalzos se sentían muy bien por la arena de la mañana, solo caminé, sin pensar en mucho, creo que lo que había vivido ya era mas que suficiente, me sentía tan agradecida y pensaba que eraa alucinante que esto vaya a durar una eternidad, corrí al borde de la laguna, y vi peces color amarillo y rojo metí las manos y sentí ganas de entrar, despues de todo me habían dicho que podía estar un buen rato debajo del agua, y lo intenté, pronto ya tenía un traje de baño puesto, y entré, con los ojos abiertos, y fué alli que vi a todos mis amigos, ellos estaban riendo mientras me veían entrar buceando, escuché sus voces y una amiga que se llamaba Linda, me vino a recoger, ella caminaba por el fondo del oasis como si la gravedad aun existiera alli, solo que un poco mas suave que en la superficie,

Caminé y me junté con mis amigos, el brujo, que llevaba por nombre Juan, estaba en el medio, y el yogui apareció también atrás mío, todos nos pusimos a hacer yoga al ritmo del agua, que soñaba con una sutileza extrema. Incluso había una especie de fogata en medio, con una llama de fuego rosada, y todos bailábamos en posiciones de yoga, que el agua nos ayudaba a que no perdiéramos el control, mi cabello esta vez era castaño claro, y mis ojos, veía a través de las burbujas del mar que se habían puesto verdes.

Pronto, todos nos tiramos al fondo del agua a relajar, a sentir, a vivir. Nos quedamos en esa posición un buen rato, como entre soñando, con la mente tranquila, lúcida.

Cuando sonó una campanita, el yogui nos dirigió a qué nos levantamos, lentamente, desperezándose. A cierto punto todos escuchamos una vez más la campanita y abrimos los ojos, y nos unimos al grupo, había comida vegana esperándonos en una mesa, yo solo miraba todo, el cielo a través de lo que era la superficie del agua se veía tan loco. los colores se descomponen y los rayos solares entran por el agua arriba de nuestras cabezas, pero nuestros pelos estaban como secos, pero en un movimiento por las corrientes que los ponía en todas las posiciones.

Comían mis amigos, yo solo miraba, pusieron música, sacaron tambores y dos guitarras, un saxofón y tres trompetas, con la música de fondo los instrumentos sonaban alucinante, eran amigos de verdad. me pasaron un contrabajo, sentí que de pronto podía tocar, y si, la verdad que no fue nada difícil seguirles el ritmo. El temblor del contrabajo movía la arena debajo mío, y sentía como mis pies se enterraban, todos nos empezamos a hundir un poco, pero solo un poco más arriba que los tobillos, algunos optaron por sentarse,

Los pescados y otros animales como cangrejos y crustaceos se acercaban y se movían, unos pasaban entre nosotros, los peces amarillos nos rondaban, los rojos también. Cada vez venía más gente y más animales, incluso aves como un albatros enorme se había posado en un coral, los erizos se movían, habían erizos de varios colores, con puntas de diferentes colores también.

Yo solo fluía con la música, daba el ritmo, siempre lento y pausado, áspero y sonoro.

El brujo se puso a cantar, su voz se escuchaba nítido, primero cantaba en idiomas místicos, antiguos o futuros, no lo sabía pero entendía, hablaba de la llegada profunda, de la tierra prometida, de la libertad emocional, de la paz, de los sentimientos puros y de la verdad. El yogui le hacía la segunda voz y unas chicas los coros, todos parecíamos hippies, o por lo menos estábamos vestidos de esa manera.

Pasó un rato, no sabía el tiempo ya, la gente usaba pulseras de reloj, pero las manecillas no existían, ni los minutos ni segundos se contaban.

Pasaban ballenas, grandes y pequeñas, incluso orcas, tiburones y delfines, todos bañándose en estas aguas dulces, aunque la posa no era muy grande, todos estabamos olgados,

Las aves se paseaban por debajo del agua y poco a poco, los mundos se fueron confundiendo, y así, como sucedían las cosas, estábamos corriendo por las orillas de la laguna, viendo las orcas saltar y las sirenas reír, con sus cabellos morados y verdes y colas hermosas, con escamas de cristal, ellas hablaban entre ellas y me miraban, con senos puntiagudos y con pezones azules y morados, incluso turquesas, cinturas delgadas y voces celestiales.

Me detuve un rato, solo a admirar, sabía que estaba muerta, pero no me daba pena eso, pues la otra vida, o esta vida ahora, era mucho mejor que la terrena, y ella, me había servido de aprendizaje, o no se de que me había servido, habia sido solo una experiencia, ahora, estaba mucho más feliz, muchisimo mas, todo me parecía hermoso. Tan nuevo, y la casa de Dios, su palacio, su catarata llena de querubines y seres mágicos, era una realidad, que yo, como la antigua Gladis que alguna vez fuí, pues, no lo creía y jamás pensé que se iba a poner esto así, "la muerte" pensé, y seguí caminando, sola, con los pies en la arena, y caminaba allí donde no había nadie, experimentando una melancolía sana, dulce, buena.

Vino un amigo y me tomó la mano, empezamos a mirar juntos el paisaje, también nos mirabamos a los ojos, el tenía los ojos de color lila y morado, y el pelo blanco, pero era joven, como de 30 años o algo mas, por lo menos eso aparentaba, pero sabía que era un alma antigua, se le veía el aura, era amarilla y violeta.

El no dejaba huellas en el suelo, la arena se mantenía intacta a su paso, y su mano era muy fría, supe que era un ángel que me había venido a ver, de repente tenía algo que decirme, o tal vez, solo pasaba por aquí, y entendí que lo que vino a hacer fue pasarla bien, sin tanto trabajo que hacer, ni tanta charla, quiso sacarme de mi soledad, y me dirigió a donde estaban todos, una vez que me dejó con el grupo, de pronto lo perdí de vista, al buscarlo lo vi parado en una duna, extendió sus dos alas blancas y emprendió vuelo a las alturas, de dijo adiós desde lo alto, y partió vuelo.

Mis amigos me ofrecieron algo de tomar, el sol había empezado a calentar, las chicas estaban todas en tetas, yo también, pero tenía un vestido hermoso que no me lo quería quitar, mis sandalias ahora eran de un cuero rústico, las águilas estaban paradas sobre el árbol que teníamos encima, era un baobab enorme, un único baobab, con su tronco inmenso, nos hacía una sombra amplia, y allí estábamos todos, con las 8 camionetas cuadradas a nuestro alrededor, y el agua en frente. habíamos puesto varias alfombras grandes, brillantes, con formas antiguas, pero colores más que modernos. Todos tirados allí, relajados, mirando el cielo, las nubes, la luz me daba en los senos directamente, sentía como los pezones se acaloran, pero la verdad, me daba igual. Solo quería estar, ser, vivir, no importaba mucho, en realidad no importaba nada negativo. Había gente desnuda bañándose, las sirenas también estaban en tetas, aquí cerca, sobre una piedra grande que estaba a poca distancia de donde estábamos nosotros, la gente miraba si, y no tenía nada de malo, incluso podían tocar, a nadie le molestaba, la sexualidad era completamente abierta. Los perros se nos acercaban, había gente que jugaba con ellos, les lanzaban palos y los alimentaban bien, había más de 4 perros cerca, hermosos ellos, sin nombre algunos, pero hacían caso, se metían hasta dentro del agua a sacar los palos que la gente les tiraba. Por un rato los animales se convirtieron en los centros de atención, los maestros que estaban allí, parecían niños, jugando, revolcándose en la arena con los perros y dándole comida rica a los gatos, un tigre grande se acercó, y se sentó a mi lado, y se durmió.

Me dio sed y me ofrecieron un poco de fruta muy dulce, agarré un vaso y la exprimí, cayó todo el jugo en el sitio y un poco en mis dedos, me lamí la mano, la fruta estaba deliciosa, era de color amarillo limón, pero no eran limones, era una fruta grande, del tamaño de mi mano, pregunté su nombre, y me dijeron que se llamaba Layá, nunca la había probado, y la sensación de tomar una fruta por primera vez fue épica, la Layá se escurría entre mi mano, mis dedos estaban dulces, fui a meter la mano al agua, que de pronto, se veía tan amplia como un mar, y las ballenas saltaban, saltaban muy alto, los delfines también, pero al terminar de lavarme las manos en la orilla, voltié y el oasis seguía aqui, había sido solo un espejismo, una visión maravillosa que solo me dió risa, de pronto empecé a tener alucinaciones, los espejismos mostraban palmeras en el desierto, con cocos inmensos y también pequeños, veía niños que corrían, me miraban a los ojos y desaparecían, luego volvían a aparecer, a veces eran muchos, otras solo se me aparecían tres, se acercaban y corrían a mi lado, y al voltear, no estaban. Las sirenas se multiplicaban en la roca, cantaban hermoso, un coro muy florido y rico, habían harpas y lyras, y un tambor muy grande, gigante, que hacía vibrar la arena y rebentaba todo tipo de polvo, el agua en el oasis tenía ondas completamente circulares, que no se detenían en la orilla. Todo se convirtió en un desorden cosmico, el cielo atardecía y se hacía de noche fácilmente, luego volvía a amanecer, los espejismos se empezaron a complicar aún más, crecían palmeras enormes a mi lado, una tras otra, y a lo lejos, un chamán, venía caminando solitario, lo podía ver acercase, caminaba pausadamente pero se movía rápido, cada vez que volteaba los ojos a verlo, estaba mucho mas cerca. Podía ver imagenes del cementerio, como todos lloraban u otros solo me miraban, metido en un baúl de madera negra, el sol reflejaba en las lágrimas duras de mi padre, vestido de negro, sus zapatos negros reflejaban un sol penetrante, los lentes de mi mamá exponían tristeza, los llantos de mi ñunica hermana, María, quien no me gozó en vida, pues solo se preocupó de esnseñarme labores, castigarme dándose una posición que nunca debió, obligándome a pasarle el dinero de mi mes para la mantención de sus tres hijos, y yo ahi, a punto de podrirme, a punto de ser un arcenal de guzanos. Y al tirar la primera pala de tierra seca sobre el cajón, los ojos del chamán, con un cántico silencioso y el gran tambor, me sacaron de ese entresueño, y me absorvieron en una lucidez tal, que los espejismos se borraron, incluso la gente, las sirenas, el agua, las palmeras, se arremolinaron en un ensueño que se desvaneció en una niebla de arena, y el chamán, ahi, parado frente a mi, soplandome agua ardiente en la cara y en el cuerpo, yo, elevada unos centimetros de la arena caliente, volando, suspendida en un desierto sin límites, sin caminos, nada mas que un cielo pelado y azul fuerte, arena hasta el infinito, y el chamán, que me hacía vibrar con sus palabras mágicas y su voz, en lenguas extrañas, incalculables por un cerebro normal, pero que yo entendía perfectamente, con un mantra, meta programaba mi conciencia, abriéndola, expandiendola, procurándome visiones internas mas no visuales, como si mi mundo interior se mezclara nítidamente con lo que había afuera, adentro mío veía tribus antiguas, señoras viejas, uy ancianas, con la piel cobriza que brillaba por esta luz tan fuerte, roja, ellas cantaban coros celestiales, y danzaban como indígenas que eran, sabias células de mi cerebro, salían de mi cerebro, entendía... comprendía todo, eraa el momento de mi entierro, era momento de programar una nueva realidad, dejar de una vez atras esa vida antigua, incluso podía ver ejemplos de muchas vidas anteriores, muchos otros de mis funerales, muchas veces reencarnaba, unas veces en imperios antiguos, otras veces me veía colgada en la horca, tambien quemada como bruja, otras simplemente caía muerta en la jungla, una vez mas con ropa hermosa, pero muerta, muy muerta, rica, en un palacio lleno de gente, pero yo, muerta.

Y yo, volando, a medio metro de altura, con las telas que llevaba como ropa volando por el viento fuerte que soplaba en mi rostro, el chamán me cantaba poderosamente pero en un volumen muy bajo, casi un suspiro, pero que retumbaba con una resonancia poderosa por todo el desierto, haciendo vibrar incluso las nubes y el viento. Lentamente, me tocó la mano, con la punta de los dedos, sentí una electricidad tolerable y abrí los ojos, dos ojos negros me miraban, se convertían en grises, luego el se transformaba en un lobo gris, de lomo plateado, que sentado frente a mi, aulló, y caían rayos desde las nubes, poderosos relámpagos iluminaba la presente noche, que luego se convertía en día, impulsando arcoirises gigantes que asi como aparecían desaparecían, vi mi tumba, alli, con la gente rezando y dando mi último adios, de pronto todo se hizo aire, desapareció el desierto, el chamán solo era un lobo que se iba alejando, ya no había cielo, no había noche, no había oasis, no estaban mis amigos, no habían camionetas, ni ángeles, ni sirenas, ni tampoco podía ver a Dios. Abrí los ojos nuevamente, estaba echada en mi cama, tapada por un edredón de plumas de pavo real, suspiré, ya lo lejos escuché el aullido del lobo gris, miré por la ventana, estaba aullando encima de un muro, al límite de mi casa, un muro grande, pude ver el amanecer, y como el lobo desaparecía caminando lentamente por el litoral de la playa, hasta perderse por una piedras, por donde salía el sol.

Me levanté y me desperezo, fui al baño, hice todo lo que tenía que hacer allí, lavarme la cara con miel, meter las manos en un balde de rosas, lavarme los pies en agua destilada, y luego, ducharme con agua pura que caía de una catarata desde las nubes. Me quedé allí, sintiendo como mi pelo cambiaba de color, como me enjuvenecía y crecía, como cambiaba mi color de ojos, mis labios se hacían mas carnosos, hasta que salí de alli, bella, hermosa, limpia y pura. Y salí así al balcón que desde lo alto podía ver el mar, viendo aparecer el sol, la gente postrada sobre alfombras implorando por un día ésta vez mas hermoso, se veían en el mar delfines saltar junto a peces que también saltaban en cardúmenes. Yo me puse a rezar, saqué un rosario enorme, que caía hasta el suelo y le dije a Dios, por única vez, que me regale el verdadero amor.

Así, rezaba, tranquila, oraciones que me salían del alma, que no tenía memorizadas pero las repetía como mantras, de pronto, por la ventana, la vi, y me vi a mi mismo a su lado, ahora yo era hombre, y ella era hermosa. La podía ver caminando, su silueta se contornea, venía caminando tranquilamente, su pelo brillaba sobre el sol de la mañana, yo sentí que me llamaba Jorge, de pronto me sentí bien con ese nombre, vi como ella se acercaba a mi pequeña cabaña, un lugar cómodo que esta vez caía sobre la playa, me tocó la puerta de vidrio, yo me acerqué, usando una ropa de baño y un polo, en sandalias, ella también estaba vestida de playa, pero el lugar ahora se veía tan diferente. La invité a pasar, ella me saludó y se presentó, se llamaba Lucy, yo me reí, y ella también rió conmigo, nos tomamos de la mano y fuimos a la terraza, el sol, las olas, nuestras dos tablas hawaianas estaban ahí paradas en la arena, con las quillas para arriba y las puntas de las tablas clavadas en la arena. Se acercó un mayordomo muy bien vestido, y nos pidió que le demos sus órdenes, "¿qué deseas reina?" ella quería una copa de vino rosado, helado... muy frío. Ordené una botella del mejor vino de la casa, sin decir nada, el mayordomo pasó a retirarse, nos fuimos a conocernos lentamente a la terraza, ella me hacía preguntas y yo le contestaba, pronto entramos en una conversación muy profunda, ya no hacía falta hacernos preguntas ni nada de eso, solo fluimos con una conversación sincera, noble. Ella "Lucy" representaba lo mejor de mi. Y yo, estaba dispuesto a enamorarme, concretamente, ya lo había hecho.

La felicidad se empezó a sentar, sentía como una nube rosa entraba por mi boca, mi nariz; ella y yo, de la mano, juntos. Por fin.

El amor, algo nuevo, algo real, lindo, mágico. Tierno, de verdad. Puro. La magia se hizo carne, la vida empezó a caminar solita, ella me miraba a los ojos y con eso bastaba, no había más que solo una sola mirada, penetrante, dulce. se acercó y me sobó la mejilla, la energía se lucía, yo la miré a los ojos, nuevamente y la besé, ella como que se hizo para atrás un poquito, se rió y me besó de vuelta. con muchas ganas, me abrazó, y empezó a fluir, nos besabamos con un abrazo muy energético, le quité el polo y la dejé en sostén, ella se rió muy excitada y me tomó del short, y me agarró la pinga, yo le agarré la mano y se la apreté, se la apreté fuerte, ella me dijo para entrar, los dos le metimos un buen sorbo al trago que estábamos tomando, y con las mismas entramos a la habitación. Ella se quitó el sostén de rodillas en la cama, y la empecé a besar. No fui directo a las tetas, no, primero le besé la cintura, su sabor a piel era mágica, lucía muy bien, y sabía muy bien, la acaricié, me acarició ella también. nos besamos una vez más y nos rendimos ante la almohada. Sintiendonos, la empecé a penetrar con un dedo, mi dedo índice, con el pulgar le acariciaba el clítoris, ella empezó a gemir ya acariciar mi falo ya desnudo, sentía su mano helada, ella subía mi testosterona al máximo, me la puse encima mío, le abrí bien las piernas y con el pene en su vagina la empecé a acariciar suavemente, dando como circulitos hasta que lentamente entró, ella empezó a moverse, de arriba a abajo, mirándonos a los ojos fijamente, ella me decía mi nombre en voz alta, cada vez más alta, casi gritando, gimiendo y yo pronunciaba también su nombre, que en realidad era el mío, "Lucy", y seguíamos amándonos, suavemente, delicadamente, con amor, con juego, con placer, ella cambiaba de posiciones, se puso abajo, sudamos, hacía calor en la habitación aunque las ventanas y las puertas estaban abiertas de par en par, su pelo marrón, su tez morena, bronceada, su rostro excitado me excitaba a mí más, y ahí, yo dándole con fuerza, adentro y afuera, sonriéndole con los dientes, sintiendo su placer, ella sintiendo el mío. Acelerando cada vez más, su clítoris estaba a punto de explotar, yo también estaba en todas ya, acelera y acelera más, los dos sentíamos el orgasmo llegando, ella me lo dijo, yo tambien se lo dije, estábamos a punto de llegar, y me empezó a gritar que me amaba, yo repetía sus mismas palabras, "te amo, te amo" y así, envueltos en una sábana color algodón de azúcar, juntos, tuvimos un orgasmo simultáneo, cayendo uno encima del otro, como derrotados, pero ganadores.

Sentía su respiración encima mio, ella me hablaba al oído, me decía cositas bonitas, como que siempre me estuvo esperando, que habíamos pasado muchas vidas juntos, que era mi verdadera alma gemela, y que pronto iba a renacer, que ya le había llegado el momento, pero que en vida nos íbamos a volver a encontrar, y en los miles de paraísos futuros también, que así había sido siempre. Pero yo le hacía entender que todo estaba bien, que en este momento estábamos juntos, amándonos, que en mi mundo la melancolía no existía, que si bien su cuerpo podía estar en la tierra, el recuerdo y su presencia astral podían estar aquí, conmigo. Siempre siendo felices, o al menos de vez en cuando, que el amor no era algo físico sino espiritual, que venía del mismo corazón de Dios, aquel quien todo lo crea y todo lo provee.

Y me sonrió, se rió luego a carcajadas, "siempre fuiste así, tan claro y con palabras tan dulces". Nos tomamos de la mano, y salimos a caminar, de pronto las dos éramos niñas, como de 7 o 8 años cada una, y jugamos mucho, corríamos por la arena, riendo, gritando con voces pitudas, como dos pericos, las aves jugaban con nosotros, nosotros corríamos por toda la arena que no quemaba mucho, de pronto volvía a ser yo una chica, y él de pronto se convirtió en hombre, parecíamos los dos de 15 años, yo rubia, el castaño. Nos sentamos en la arena, bajo la sombrilla que hacía sombra, miramos el mar, las olas se iban solitarias, con el agua verde cristalina, nos miramos y entendimos lo que queríamos hacer, corrimos por las tablas hawaianas y las agarramos, pero al poner yo la mano sobre mi tabla rosada, el me agarró el brazo y me jaló hacia él, y me besó fuerte. Al separarme le tiré arena con el pie como jugando y corrí al mar, vi a lo lejos una manada de delfines que corrían las olas uno atrás del otro, los delfines saltaban y se sumergían, volaban por las olas, eran más de 10, de repente eran pocos y luego aparecían más. Corriendo por la arena agarré velocidad y salte al agua, me deslicé echada en mi tabla un poco y luego empecé a remar fuerte, él venía detrás mío, los dos avanzabamos rápido por un océano lleno de peces de colores, y todo tipo de fauna marina, los corales estaban cerca, abajo nuestro, todo tipo de algas, estaban todas conectadas por una bioluminiscencia alucinante. Yo seguía remando, no había nadie en el fondo del mar, al llegar allí, volteé a ver la playa, y vi solo mi cabaña, no habia nada mas, solo eso, una hermosa cabaña pequeña envuelta en hojas de palmeras, media metida entre la maleza, casi en la sombra. El venía atrás mío, pero se agarró la primera ola, yo la segunda, pronto nos encontramos los dos surfeando, yo movía la tabla como mejor quería, subía y bajaba, veía la estela, solo admiraba la escena, como si no fuese yo, como si fuese un video, algo irreal. Al salir de la ola, me puse a contemplar el lugar, no había ninguna casa cerca, solo la cabaña, sin caminos ni carreteras, nadie en la arena blanca, absoluto vacío, solo un arcoiris enorme, y palmeras verdes, altas, con sus cocos colgando, miles de palmeras, tal vez millones, infinitas. El infinito se hizo presente, y no me refería a las palmeras ni a la inexistencia del tiempo, ni tampoco a las olas, me refería al amor que sentía dentro, un amor infinito. Había aprendido primero a amarme a mi misma, a mi alma, luego podía por fin amar a otro, a otra, y navegar por un mar de naturaleza, un lugar al que podía amar, sin gente, una ola solitaria se acercó y la dejé ir, se acercó otra y también la dejé irse sola, yo tambien estaba sola, él ya no estaba, por lo menos no lo veía, pero a lo lejos se oía un tambor y una concha que silbaba, silbaba muy fuerte, como sonidos tribales, mi novio se acercó, se sentó a mi lado en silencio, yo lo miraba, era bello, el me miraba, así, a veces el silencio es más puro y más natural, sin necesidad de nada, delicioso.

Las olas seguían entrando, yo y el seguíamos sentados, tomados de la mano, el sol brillaba fuerte, la respiración era lenta, entró una ola buena, realmente buena, grande, y el me dijo, "dale, anda, es tuya", me dirigí al lugar correcto para agarrarla, la sentí, sentía el agua correr entre mis dedos al remarla, las gotas del viento en mi rostro, el sonido de la voz de mi novio que me impulsaba a lograr lo que parecía muy difícil, la ola crecía cada vez más cuando llegó al arrecife de coral, se levantó un pico y fue ahí que me paré, sentí mi tabla deslizarse, bajé cómodamente, y al subir le pegué duro con una maniobra poderosa, bajé descolgando con la punta de los pies, volví a caer desde lo alto en otra maniobra, siempre bajando suavemente por la parte baja de la ola, colocandome para una maniobra más y otra y otra, cada vez más agresivas y salvajes, y de nuevo, salir, para volver a entrar al fondo. Mi novio me aplaudía, el también agarró una ola, y otra y otra, yo igual.Surfeamos hasta cansarnos, hasta que se acabe el momento, y el sol caiga entre las montañas verdes, y salimos del mar, nos esperaba una fogata ya encendida, los pareos tirados en la arena como alfombras, y un músico, dentro de la cabaña tocando mi piano blanco. Al volumen que se escuchaba a lo lejos, aunque en realidad estaba cerca. Había una botella en una hielera llena de hielos de colores, y dos copas, solo nos sentamos allí a ver el atardecer entre las islas, una belleza, simplemente una belleza. Nos tiramos a ver las estrellas, hasta que me quedé dormida, allí mismo, sobre un pareo, en mi propia arena.

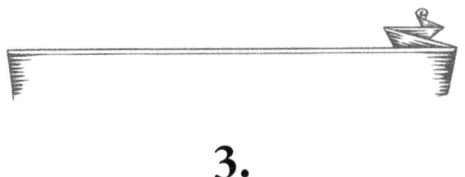

3.

LA ISLA

Amaneció temprano, muy temprano, incluso antes de que salga el sol, las luces en el cielo se encendieron, yo rendida en la arena, tranquila, con la mano, mi cabeza apoyada en su pecho. Él aún dormía, hacía suaves ruidos con su respiración, vi el mar, las olas aún oscuras, la noche no se detenía aún, pero la mañana ya se avecinaba, el cielo estaba recién empezando a echar sus primeras luces. Me senté, el fuego de la fogata de ayer estaba ya muerto. Empecé a respirar, a respirar profundamente, a meditar, me coloqué en posición de loto, y un mudra poderoso con los dedos de las manos, los ojos bien abiertos, mirando el amanecer desde su inicio, pero la mente calmada, no podría decir que totalmente en blanco, pero si tranquila, en paz. Recordé a Dios, recordé a mis amigos los arcángeles, esbocé una pequeña sonrisa, y seguí respirando. El mundo de pronto se hizo lejano, todo desapareció, solo existía yo, ni la fogata, ni el, ni el mar, solo ese pareo que servía de alfombra y yo, nada mas, no podría decir que el mundo se había coloreado de negro, ni tampoco de blanco ni de ningun color, solo había desaparecido, y la meditación se hacía cada vez mas profunda, de pronto ya no estaba el pareo, ni tampoco mi ropa, ni tampoco yo, ni tampoco mis ojos, ni mi cabello, nada, entré en trance, escuchaba, solo escuchaba pero luego ya ni escuchaba, la meditación era total, ya casi no pensaba hasta que pronto dejé de pensar por completo y asi, pasó un buen rato, donde solo estaba la inexistencia, el vacío, la nada.

Al abrir los ojos, todo estaba nuevamente allí, él estaba aún dormido, y había un barco, un barco con mucha gente dentro, yo los conocía y los veía claramente desde acá. había olvidado ya que me habían invitado a una isla, los miré, se acercó un bote a remos que no tuvo problemas para pasar la zona de oleaje, pues estas se habían calmado, me levanté e hice señas con las manos, agitándose, al voltear, el ya no estaba, había desaparecido, así, sin decir adiós, sin siquiera despertarse, sin hacer ningún tipo de señal. Solo ya no estaba, toqué la huella que había dejado sobre la arena, me la puse en los labios y la besé, solté ese poco de arena y me volteé. el bote estaba cerca, agarré las dos tablas y fui a la cabaña para sacar todo lo que necesitaba, metí trajes de baño nada más, algunas ceras y un par de tablas más, de diferentes tamaños, para olas grandes y chicas, guardé su tabla y puse las mías en una maleta grande que servía para transportarlas. Luego en una mochila puse mis cosas, lentes de sol y demás, y vi sus manos haciéndome señas desde la arena, el pequeño bote a remos había llegado, escuche un silbido y salí, caminando pero rápido.

Me trepé y saludé, fue fácil subir todo, había espacio suficiente, al llegar al barco, todas eran chicas, absolutamente todas, y vi a mi hombre caminando por la arena, solo, con su tabla en mano, mirando como me iba, le hice señas con la mano y él se despidió también sin saber cuándo iba a regresar o cuando nos íbamos a volver a ver. Pero lo dejé ir, y en mi mente, solo le agradecí. Y se fué, solo se fue, pronto lo dejé de ver, y me concentré por lo que había dentro de el barco, mi grupo de amigas, pronto las conocí a todas, tomamos un desayuno riquísimo, y mientras lo estábamos disfrutando, la capitana avisó que nos íbamos a sumergir, y el barco, lleno de ventanas por todas partes, se convirtió en una especie de submarino. y la velocidad aumento, ya no habían tumbos, las ballenas se veían a nuestro lado, con sus ojos grandes, luego más adelante cardúmenes de peces grandes, y tiburones jugando con las focas, los corales gigantes, yo miraba la ventana, podía ver enormes cangrejos y langostas, y más tiburones, grandes y pequeños, pero no se veían agresivos, delfines también estaban allí, cerca,y de pronto, pasó un rato, que yo y en realidad casi todas solo mirábamos por los vitrales, pero a cierto punto, no hacía falta mirar, estábamos envueltas en vitrales y el barco nadaba libremente por un océano profundo. Nosotras nos distrajimos con conversaciones, hablamos de todo, las conversaciones variaba mucho, tal como solo pueden hablar las mujeres, todas a la misma vez pero entendiendo casi todas las voces. Y así paso el rato, pronto, estábamos en la superficie nuevamente pues el fondo del mar se había puesto no muy profundo, y el barco andaba bien, el mar estaba tranquilo y podíamos ir rápido, igual aun eran las primeras horas de sol, el viento aún no aparecía, y no había tierra a la vista.

Me eché en la hamaca grande con una amiga, y el movimiento del barco nos mecía, las dos estábamos en silencio, cómodas, pero en silencio. de pronto, desde lo alto del barco, la capitana gritó "¡tierra a la vista!", todas levantamos la mirada, y efectivamente, se veía a lo lejos una isla, nuestra isla. Una isla que no salía en ningún mapa, el barco aceleró, empezó a ir a toda velocidad, dentro estaba tranquilo pero afuera era un enjambre de pelos rubios que volaban, que se balanceaban por todos lados, hasta que giramos al llegar a una bahía, y entró la primera ola, y la segunda, y la tercera y la cuarta, y así, varias. El sol ya brillaba, había un calor intenso, las tablas se empezaron a desordenar en el barco, cada una agarraba la suya y la enceraba. algunas se ponían botitas para protegerse de los pelados corales, pero yo ya estaba en el agua, esperando a agarrarme la primera ola, remando fuerte, pero al llegar, tenía a todas mis amigas atrás, y entró un viento fuerte, en contra a la dirección de las olas, hacía que las paredes de olas se levanten aún más, por ahí me dijeron que la marea estaba a punto de entrar en su punto más bajo, y si, los corales se veían algunos ya casi en la superficie. las olas medían un poco más de tres metros y medio. Pero nadie tenía miedo, entró la primera serie de olas, y yo remé avisando que la que entraba era mía, la bajé y directo me metí al tubo, fue un largo tubazo hacia mi derecha, era para mi lado, y la velocidad que agarré adentro fue genial, salí escupida del tubo y ni bien salí entré en un segundo tubo, esta vez más amplio, y más redondo, ya no tan acelerado, lo surqué de comienzo a fin, y salí tranquila y con las mismas me fuí de la ola. Estaba contenta, concentrada, la ola de atrás era más grande y la bella Mikkela la estaba corriendo, también saliendo del tubo y entrando en la siguiente sección. Pasé su ola abierta y levanté los brazos, ella pasó a mi lado y me tocó la mano derecha, y luego al salir de la broma hgizo un ruido de felicidad y se echó en su tabla, yo la esperé y remamos juntas nuevamente adentro. el sol brillaba y el viento que salía parecía hacer que las olas se levantaban aun más, Mikkela me dijo que la crecida recién estaba entrando, que pronto ibamos a tener que sacar las tablas para olas mas grandes, yo si tenía dos más que me podían servir, pero lo cierto es que no calculaaba cuanto podían crecer las ondas, para mi ya estaban suficientemente grandes, empezaron a entrar olas que las veía gigantes, como de cuatro metros o tal vez más,

Mikkela solo me dijo "confía en ti" y se agarró la ola mas grande de la serie que entró, luego yo, y luego todas las demas chicas pues las olas nunca pararon de entrar, una tras otra, por horas, las olas llegaron a los 6 metros en cuestión de minutos, y decidí ir al bote a cambiar de tabla, y tomar algo de agua, la capitana me preguntó si estaba bien, que si quería podíamos girar la isla e ir a una playa con olas algo mas dóciles, pero que no me aseguraba olas pequeñas, pero que si, efectivamente aquí, las olas se estaban pasando, que estaba en su pumto más grande, que un par de centimetros mas y con este viento, las olas se iban a poner ya demasiado grandes, y que no era sano. Pero sentí la sensación de que si entraba podía correr la ola de mi vida, "déjame agarrar una o dos y cambiamos de playa", "esta bien" me conestó, y me lancé al agua. Desde aqui, las olas se veían enormes, pero las chicas parecían no tener miedo, la marea estaba subiendo rápido, ya no salían los corales y los tubos ya no estaban tan ajustados ni al límite. Bajé mi primera ola, mi tabla esta nueva, nunca la había pisado antes, pues no había tenido la necesidad de surfear olas de este tamaño, y al bajar la verdad que me sentí bastante cómoda, no arriesgué, no hice cosas locas, solo subí y bajé un par de veces, lanzando una gran estela por lo alto, hice esa maniobra tres veces y luego pasé a retirarme sanamente de la ola. Todas las chicas habían cambiado de tabla, estaban con tablas largas todas y al parecer no había intención de cambiar de playa. La capitana acercó el barco e hizo que la camarógrafa nos filmara lo más cerca posible, e incluso ella, la capitana se lanzó al agua a surfear luego de haber anclado bien allí, cerquita, el bote.

La estábamos pasando bien, poco a poco algunas fueron saliendo a la orilla, habían pasado varias horas, en la orilla no había nadie más que nosotras, era una isla perdida en un océano lejano, al que nadie sino nosotras jamás iba a poder llegar, yo también decidí salir a descansar. La arena era riquísima, me eché allí desnuda, todas lo estábamos, tomando el sol y esperando un bronceado natural, sin cremas ni bronceadores, nada, Xime se subió a una palmera y empezó a lanzar los cocos al suelo, ella tenía una especie de machete, bajó y con el mismo los abrió, empezamos a beber el agua de coco directamente de la fruta, sabía deliciosa, estaba fresca, y también comíamos la pulpa, veíamos las olas allá, en el arrecife, algunas chicas aún las surcaban, solo las mirábamos con admiración pues estaban realmente grandes, enormes, yo en mi vida había visto olas tan grandes, y pronto, decidimos incursionar en la isla, nos pusimos nuevamente nuestros bikinis y nos adentramos en la selva, saltamos un pequeño riachuelo y lo empezamos a seguir hacia arriba, se escuchaba a lo lejos un sonido de una cascada, y decidimos subirlo, tomé un poco de agua, estaba tan pura, no tenía nada de sucia, y seguimos caminando hacia arriba, el sonido de la cascada se hizo más intenso. Hasta que se abrió un claro, había una poza pequeña y una cascada enorme, ancha, y arriba de esta había otra y encima otra, siempre con unas lagunitas abajo, donde nadaban peces de agua dulce, las chicas seguían llegando, creía que ya nadie estaba en el mar, puesto que parecía ser que estábamos todas. Empezamos a trepar por las rocas al lado de la cascada para llegar a la segunda posa, al llegar ahí, nos ocultamos pues había una sirena acicalándose sobre una piedra, ella peinaba su cabello largo, probablemente nunca cortado, era un pelo hermoso, larguísimo, ella lo enrollaba con un instrumento natural pero parecido a un cepillo de coral, pero ella nos vió, y sin asustarse, se siguió peinando tranquila, entonces pasamos a entrar a la laguna, el agua estaba llena de peces y bebiendo de ella, animales, había un pequeño tigre y su madre, el bebé tigre se metió al agua y se puso a jugar con mis amigas, mientras la tigresa se echaba a descansar en la orilla, lamiéndose las patas y acicalándose con la lengua. me miró, y siguió haciendo lo que quería. Yo, me metí a lo profundo de la laguna, el fondo era de piedra, Mikkela saltó de lo alto de la cascada y salió muy refrescada. la sirena se acercó con collares de flores y nos empezó a regalar los collares, era un ritual, todas estábamos en silencio mientras ella cantaba, poco a poco empezamos a aplaudir, marcando un ritmo, unas sonriendo, comenzaron a bailar un poco, la sirena seguía cantando, y aparecieron unas tres cabezas de abajo del agua, eran tres bellezas, otras tres sirenas, y una más, se unieron a los cánticos, haciendo un coro imperial. El collar que me puso era bello, lo palpé de la manera más suave que pude pues era muy delicado, no tenía ni nudos ni pitas, solo eran flores sobrepuestas, a alguna por ahí se le deshizo el collar y las flores pasaron a flotar sobre el agua, otra se zambulló y pasó lo mismo, muchas flores estaban por todos lados, yo no quería perder las mías, y tuve cuidado, salí del agua y me senté en una piedra a observar la ceremonia, pues parecía una ceremonia, aunque en realidad no lo era, era tan solo, un día más en el cielo.

La piedra donde estaba era suave, cómoda y lisa, veía tortugas a mi alrededor y aves de colores que cantaban y silbaban, las sirenas habían entrado en una cueva atras de la catarata, y con una mano nos invitaron a pasar, una tortuga con una mirada cómplice me dió el mensaje de que entre. Y lo hice, salté de la roca y me lancé al agua, cruzando el charco hasta llegar a la cascada, primero estiré la mano y confirmé que al otro lado había hueco, un espacio por donde podía entrar, y sentí una mano que me tomaba la mía y me jalaba hacia adentro, entonces entré. al comienzo solo parecía un pasadizo de piedra, pero luego, los cristales de cuarzo y esmeralda en las paredes empezaron a brillar, ante un claro de luz al otro lado del pasillo, era el mundo de las sirenas, habían muchas, muchísimas, y mis amigas estaban anonadadas, ellas empezaron a aplaudir, y las aves empezaron a volar por encima de nosotras,, todas las sirenas se metieron al agua, pero no parecía molestarse nuestra presencia, solo eran curiosas y se acercaron, sus colas eran rosadas, moradas, verdes turquesas, otras celestes, azules, incluso blancas. sus cabellos también eran multicolor, larguísimos, las podía ver nadar por debajo del agua cerca mío, el agua era tan transparente , que traslucía todo, y ellas podrían nadar por todos lados y mirarnos hacia arriba, nos invitaron a sumergirnos y lo hicimos, y recién ahí, vi lo que parecía ser un verdadero paraíso, era otro ambiente, el agua era tan nítida que ni se percibía y ellas parecían volar con sus largas colas, el sol atravesaba la superficie del agua sin problemas, y sus casitas de cristal brillaban, salían caritas de sirenas niñas por las ventanas y puertas de sus pequeños hogares, yo solo buceaba, observando todo como si estuviese volando.

Me senté en una banca en lo que parecía ser un lugar de esparcimiento, incluso parecía un parque, mis amigas también estaban cerca mío, y las sirenas empezaron a soltarse, nadaban cerca, como si fueran también amigas nuestras, mi collar aún estaba intacto, pasó una sirena bebé cerca mío y me lo empezó a mirar, se acercó más y se lo obsequié, luego se acercó quien pensé yo que era su madre, y me sonrió, yo le devolví la sonrisa, se acercó ella y se sentó a mi lado, con una cola violeta inmensa. Me mostró con su dedo su casa, y de atrás de su pared, empezó a caminar un unicornio blanco, con el cuerno de color amarillo, atrás de el apareció otro y luego uno pequeño, caminaban libres, el niño mordisqueaba la hierba bajo suyo, y luego siguió caminando.

Me sentía tranquila, en paz, las voces de las sirenas eran dulces, pero no parecían decir nada, como si no hubiera necesidad, solo tarareaban cánticos con ecos y risas. habían almejas y conchas en los suelos, todas vivas, habían también algunos peces, no muchos, pero sí estaban presentes, coloridos peces, decidí nadar hacia donde estaban todas mis amigas, la sirena que tenía a mi lado, me tomó la mano, antes de que me vaya, y me puso un anillo de coral, luego sin soltarme, empezamos a nadar juntas. Ella me dirigía, no sabía aún dónde me estaba llevando, mi plan de ir donde mis amigas creo que estaba variando, y si, nos fuimos en otra ruta, pasamos entre dos casas y se abrió un claro, que estaba lleno de unicornios todos corriendo y jugando libremente, algunos caminaban y otros más pequeños saltaban, dando vueltas y relinchando, la sirena me soltó la mano, atrás me habían seguido algunas de mis amigas, ellas venían caminando por el fondo del agua, nadie hablaba, el silencio era tan perfecto esta vez. Los unicornios nos miraron, todos, a la misma vez y no nos quitaron sus ojos azules de nosotras, quienes solo estábamos paradas, de pronto, una se sentó y la seguimos, todas tomamos asiento en el pastizal, el sol empezó a caer, ya no se veía la superficie del agua, estábamos parecía al aire libre pero las sirenas si nadaban por encima nuestro.

Solo observábamos, no había nada que decir, todas estábamos anonadadas, de pronto se acercó un gran animal, era gigante, y tenía un cuerno gigantesco, jamás pensé que un unicornio podía tener el cuerno tan grande, suspiré de emoción y me levanté, era el macho alfa, se agachó y se puso en una posición obvia para que lo monte, una sirena me tomó la mano y me ayudo a subirme en el, luego lentamente empezó a caminar, mis amigas tambien se montaron sobre el lomo de algunos unicornios grandes tambien, ellos nos pasearon, incluso empezaron a galopar, no había necesidad de estribo ni riendas, ellos sabían por donde llevarnos, mas bien yo no tenía idea de a donde nos dirigíamos, cruzamos un valle, otro río, hasta que los vimos, eran pegazos, varios caballos pegazo, con alas enormes, que volaban por todas partes, el gran unicornio se detuvo para que los observáramos, luego, sin decir nada, dio la vuelta y empezó a regresar, los demas animales lo siguieron y con los pegazos volando encima nuestro, nos dirigimos nuevamente hacia la cascada, hacia la primera cascada, y bajamos de los potros, les hicimos todas un cariño, un agradecimiento, una reverencia la cual fue devuelta por ellos, inclinando todos a la vez sus cabezas blancas y meciendo sus pelos, cerrando los ojos. Cruzamos la cascada, y regresamos al pequeño pozo de agua, que ahora tenía el sol justo encima, y los arcoiris que emitían los pequeños cristales de agua eran tan nítidos, cruzamos la cascada todas y nos bañamos un rato mas, comentando alegremente la experiencia, algo tan unico, tan irrepetible.

Fuimos a la orilla de la playa, y pues la capitana aún estaba surfeando, sola, tranquila, con estas olas inmensas, ya más grandes que nunca, yo no quise surfear, y al parecer mis amigas tampoco. solo nos dirigimos al barco remando en las tablas hawaianas y nos subimos. Mirando como la experimentada capitana del barco surfear estas olas que ella conocía muy bien. Se cogió unas cuantas olas más y regresó al barco una vez que todas estábamos temporadas, Se aseguró que no faltara ninguna, y gritó "¡todas a bordo!" y levantó anclas. Los tumbos eran grandes, casi no se podía navegar por la superficie con ese oleaje, pero en la profundidad del agua, el barco que ya era ahora submarino andaba tranquilamente, entre pasadizos amplios de coral, las orcas nadaban a nuestro lado con delfines blancos con plateado.

Yo me eché en una hamaca, habían varias chicas allí, ellas estaban cómodas cambiándose, poniéndose ropa seca, limpia, yo me sentía cómoda como estaba, sabía que pronto me secaría por completo. entramos por la boca de un río ancho y profundo que daba al mar, y seguimos río arriba, era muy navegable, entonces emergimos a la superficie, habían árboles llenos de loros y monos, que saltaban de una rama a otra, el río se adentraba mucho en la isla, hasta que cruzamos gran parte de él, y llegamos a un espacio muy amplio, un pequeño valle que creaba una laguna en medio, una vez allí, volvieron a tirar anclas, la capitana gritó con su voz de mando, "¡chicas, es hora de almorzar!".

Ellas tenían cestas con frutas que habían traído del pueblo, y había también un poco de carne para las que quisieran, yo dije que no, que gracias, pues viendo la naturaleza como era, prefería no comer carne mas, mi amiga se rió, "jamás tomaríamos un animal ni una planta para comerlo acá, eso sería imposible, esto, que parece carne, es una receta muy complicada hecho a base de ingredientes muy alimenticios y vigorizantes, pero tranquila, en este lugar no existe la muerte". Sin miedo entonces agarré un trozo de esto, y lo probé, efectivamente no tenía a sabor carne, pero sí su apariencia, pero me explicaron que eso se debía a que había sido cocinado por horas y así quedaba, pero que en realidad todo es a base de frutas aquí, pues los árboles nos las regalaban. Se acercó una pequeña hada, que había venido del monte, yo la vi llegar, se paró en mi dedo índice y me saludó con su voz bajita y dulce, yo me la acerqué al oído y se paró en mi hombro, ella era muy blanca y vestía de rosado pastel, pero su cabello lila era muy brillante, y emitía un brillo muy particular alrededor suyo. Me dijo que ella era la guardiana de la laguna, y que este era el mundo de las hadas, y que éramos bienvenidas pues se había acercado y había notado que éramos buenas, pero que por favor, nos quedemos hasta que caiga el sol, así podríamos ver el lugar en su esplendor total, pues todo brillaba allí, el polvo de hadas estaba en este sitio desde hacía milenios, y que casi nadie nunca las había visitado, que era un gusto tenernos aquí. Le sonreí y le agradecí con un besito volado, el cual ella hizo un gesto de atraparlo en el aire, y voló un poquito hacia atrás y arriba. Luego se fué, desapareció a la distancia puesto que era muy pequeña. Me tocaron el hombro, la comida estaba servida, fuimos todas a la mesa, el agua calmada casi no movía ni el líquido, estabamos bebiendo unos jugos mezclados deliciosos, parecía como si en cada vaso hubieran al menos 7 u 8 frutas diferentes, algunas tomaban un jugo verde muy claro, otras rojo, yo amarillo, incluso habían jugos morados y azules. El mío estuvo delicioso, y comí mucho, la verdad es que tenía bastante hambre. la vista era hermosa, se veía por todos lados vegetación y se veían como se movían las hojas. La capitana quien se llamaba Daniella, tomó la decisión que debido al gran oleaje, pasaremos la noche ancladas en este mismo lugar, a todas nos pareció muy buena idea, el clima aquí era templado, no hacía ni calor ni tampoco nada de frío. Todas estuvimos de acuerdo en pasar la noche donde estábamos, almorzamos tranquilas, algunas se pusieron a ver el video de las olas que habíamos surfeado hoy, yo tambien miraba esto desde mi hamaca, con las dos manos recostadas atrás de mi cabeza y las piernas cruzadas, la pantalla era gigante, todas veíamos muy bien y nos celebramos nuestras hazañas, cada vez que alguien hacía un buen truco todas aplaudían, la música que acompañaba al video era muy lírica, hermosa, me gustaba mucho, parecía hecha por varios ukeleles, y tal vez si, era una grabación muy profesional, las chicas le agradecieron mucho a la camarógrafa, ella estaba feliz también de haber hecho un tan buen trabajo.

Me fui a echar en la hamaca a ver el paisaje, las hadas volaban cerca, el barco empezó a dar vueltas por la laguna, aún era de tarde y el sol brillaba demasiado rico. Las chicas tocaban música en la cubierta del barco, escuchar era un placer, me sentía cómoda aquí, estaba feliz. Lo último que pensaba es que alguna vez había muerto, desde haber experimentado mi entierro había dejado todo eso atrás.

Llegaron nuestros amigos, un grupo enorme de gente y varios barcos se anclaron junto al nuestro, pusieron el tornamesa en un lugar donde todos y todas pudiéramos disfrutar de la música, llegaron con mucha fruta fresca, las chicas de mi barco se acicalaron rápidamente, estaban hermosas, y los invitamos a pasar. Yo disfrutaba toda la escena desde mi hamaca, estaba tranquila, la noche entró acompañada de champaña y los colores de las hadas se hicieron presente pronto, ellas crecieron, se convirtieron casi que en humanas, solo que con las orejitas puntiagudas pero eran bellas, y se mezclaron entre nosotros como iguales. Yo solo apreciaba sumergida en mis pensamientos, me alcanzaron algo de tomar y me paré de la comodidad y me uní al grupo, "Lucy" me dijo un hombre fuerte, "quiero que seas mi pareja hoy, ¿aceptas?" Lo miré y era exactamente mi tipo, así que con la cabeza y una pequeña sonrisa accedí. Me extendió la mano y rápidamente me sentí maquillada y lista para la cena, una de verdadera gala.

Entramos en un salón muy elegante, a decir verdad, ya no parecía que hubiera un barco, ni playa ni isla, solo una sala gigante llena de cristales, todos en vestido negro, pero por los grandes ventanales, al fijarme, si estaban abajo, muy por debajo, la gran isla y muy pequeños, los barcos estacionados. A este punto ya nada me parecía raro, pero la música clásica y a su vez ultra contemporánea sonaba tan nítida, tan perfecta, que la gente se puso a mover un poco, sin necesidad de bailar. Habían exactamente 100 personas, 50 de ellas mujeres y otro tanto de hombres, la cena estuvo exquisita, platos que nunca había probado, pero eran dulces casi todos, como si sólo sirvieran postres, "el cielo" pensé... y tomada de la mano de Airton, pasamos a sentarnos en esta mesa gigantesca a cenar.

La conversación transcurría entre temas que en vida normalmente no se tocan, como la intensidad del ruido al llorar en contraparte con los neurotransmisores que se liberan al sentir felicidad, y comentaban que el chef había puesto detalles a la cena que causaban liberación de serotonina y dopamina, con lo que íbamos a alcanzar efectos de felicidad pura justo ahora, después de probar el tercer bocado de comida, y así como de la nada, todos empezamos a reír, a carcajadas, a interactuar entre todos con una sonrisa un poco exagerada entre los labios, y notaron que también el líbido se iba a desinhibir, y la verdad fue así, pero todos nos supimos controlar, al menos durante el rato en que estábamos cenando, y ya sabíamos que luego todo se iba a descontrolar, pero entre las risas, no había ocasión para juzgar y cuando salió el chef y su cocinero principal, nos contaron lo que le habían puesto, y era polvo de la isla de hadas, solo esto y nada más.

La cena transcurrió, hablamos de fútbol incluso, todos celebraban goles históricos que habían sucedido tanto en la tierra como aquí, y quedamos en convertir la cena en un pequeño partido mañana, solo los que estábamos aquí, pero una chica dijo que les parecía bien si todos nos convertimos en hombres y del mismo peso y volumen para el partido, y unánimemente todos estuvimos de acuerdo.

La fiesta estuvo extraordinaria, comimos tan delicioso y ligero, que pudimos bailar la música electrónica felices, dormí con mi pareja esa noche, pero a la mañana siguiente, al despertar, veo que el se estaba poniendo los chimpunes y me dijo, "brother, vamos al partido, juegas de delantero", me miré las manos y era hombre yo también, sentí mi pelo y estaba corto, así que me puse la ropa deportiva y los chimpunes los guardé en una bolsa para ponerlos justo para el partido, y al despertar, cruzamos la puerta de la habitación e inmediatamente se alzó frente a nosotros un estadio enorme, solo comparable con el coliseo romano, en realidad muy parecido al dicho coliseo, solo que más grande. Entramos por la puerta principal y todos los asientos estaban llenos, un señor ya mayor nos llamó y nos hizo pasar cada uno a nuestro respectivo camarín, ya separados, me olvidé de él y me concentré en lo real, estaba a punto de jugar un partido de fútbol a un nivel mucho mayor que profesional.

Mi equipo se llama los novatos acelerados, y el otro los caimanes de occidente, estamos a punto de empezar, yo ya con los chimpunes puestos y estirando los ligamentos y los músculos, de pronto agüité por la ventana y el estadio era precioso, había un sol de mañana ideal, la luz caía directa sobre el campo, la pelota era blanca brillante, y de pronto, todos los que jugábamos salimos a la cancha, yo me paré en medio del campo a sentir a la tribuna como gritaba mi nombre "¡Lucio, Lucio!" levanté las manos y todos aplaudieron e hicieron que el estadio gire una vez completa en una ola de tribuna a tribuna.

Sonó el silvato y me entregaron la pelota me vinieron a marcar e inmediatamente hice un pase corto y avancé, todo mi equipo avanzó al ataque, yo era delantera junto con otros 3 de mis compañeros, eramos 4 delanteros y 4 defensas, y los demás al medio campo, y por supuesto el arquero, un negro de 2 metros y medio casi, inmejorable guerrero.

El de la punta derecha se abrió campo y se adelantó todo lo que pudo, recibió un pase a los pies y corrió, llegó casi a la esquina del córner y se la quitaron, regresó a recuperar la pelota pero esta fue despejada hasta donde estaba yo. Pero yo estaba un poco distraído ante la magnificencia de la situación y un rival la cabeceó pero al darme cuenta de que mi distracción había causado un ataque al arco, me pude concentrar casi absolutamente en el partido.

Paralelamente a mi juego, yo también estaba en la tribuna, como si fuese consciente de dos personas al mismo tiempo, y podía disfrutar del partido como espectador y también como jugador, en ambas era hombre, pero en una tenía un hot dog delicioso en la mano, sentado con mi gorrita y mis amigos, en un palco cerca a la cancha, donde me podía hacer barras a mi mismo, y desde la cancha, estaba en acción.

No faltó muchos minutos de juego hasta que un compañero mío tiró un buen centro y el rubio Jonás acertó un tiro de chilena al ángulo, yo pude ver claramente el gol como entraba y la celebración fue un poco de champaña en la tribuna y unos jugosos abrazos en la cancha, la diversión se hizo magnética, podía sentir incluso lo que veía mi otro yo en la tribuna, con mis amigos, desconectarse del juego e ir a la celebración incluso del oponente, pues a cierto punto también jugaba para ellos, y ni más ni menos, era el defensa izquierdo, de el equipo contrario, y sentía el latir del juego de todas formas, incluso estaba en la barra del equipo contrario, y como si fuese normal, y todo estuviera como debe ser, abrí los ojos, y estaba en mi cama, despertándome de éste sueño o realidad misteriosa, pero con una mujer extraordinaria en la cama, y así empecé a vivir 5 realidades a la misma vez, ya que sin duda alguna, podía sentir el partido y seguir jugándolo, tanto consciente como inconscientemente, estaba en la barra tomando cervezas y fumando un puro. que rica era la vida, que rico el vacilón, y de pronto, el medio tiempo... y fue allí que entendí por qué estaba en la cama con esta dama tan preciosa, tan impecablemente hermosa, fue para justo el medio tiempo, donde el juego se hizo perfecto, lo extraño fue que el sexo se extendió por toda la mañana, horas de horas de placer sexual total, pero cuando el pito del árbitro sonó para que empezara el partido 15 minutos despúes, la faena sexual había acabado por completo, como si el tiempo hubiese transcurrido de una manera doblemente dispareja, y yo hubiese experimentado dos tiempos continuos pero diferentes, a la misma vez, pero esto fue solo una percepción, pues ahora estaba tapando y a la vez era delantero del mismo equipo, y los rivales se habían convertido en hombres de dos metros y tanto, casi todos, y aun mas los atacantes, que eran más grandes aun, y disparaban al arco con una fuerza que solo yo podía atajar, a mi máximo potencial, de pronto ya no jugaba para el enemigo, solo de mi equipo era arquero, defensa y centro delantero, y como si la cosa fuese lo más fácil del mundo, me hice un autopase y metí gol. Todo el estadio explotó.

El partido acabó 2 a 0 para mi, pues a cierto punto se disolvió y antes de que el partido acabara, solo me fui a descansar al bar a tomar unas cervezas con mis amigos, esta vez ya nuevamente, el el cuerpo de señorita de Lucy, pero con un peinado y un estilo excepcional.

4.

Sentir

Hasta cierto punto, todo era perfecto, absolutamente, pero le faltaba algo, ¿acaso todo iba a ser así de magnífico para siempre? me pregunté, pero lo bueno y a la vez lo malo, es que ya sabía la respuesta, y si... iba a ser perfecto, todo, siempre. Y puse cara de desconcierto, hasta cierto punto el cielo era un poco aburrido, pero por dentro, la reina que llevaba dentro, recordó lo antiguo, esas noches hasta tarde lavando los pisos en la tierra, esas madrugadas asquerosas de agua helada, rompiéndome la espalda contra los zapatos del patrón, y todo por unas gotas de dinero, y regresé a mi yo actual, vi mis pezones rosados, me observé en el espejo rubia y despampanante, con las mil y un oportunidades de divertirme para siempre y hasta el final de los tiempos hacer lo que me diera la gana. Entonces, no me pareció tan malo, más bien, me di cuenta, de que todos los humanos tendremos un cielo maravilloso, y que la muerte no era en realidad algo malo, como los humanos lloraban tanto por la muerte de un ser querido, de un hermano o de un marido, ellos no tienen idea de lo feliz que es a este lado, pensaba mientras me tomaba un café a media mañana, después de haberme levantado a la hora en que mis ojos se abrían con la naturalidad necesaria para despertar, no por un despertador ni por una obligación, mucho menos por falta de algo o exceso de lo otro, no, mis sábanas de seda me habían levantado a la hora en que mi cuerpo naturalmente se sienta cómodo en hacerlo.

Entonces pensé, ¿regresaría a la vida? y en ese momento me pareció lo más absurdo que pude haber creído, pero me di cuenta que yo en realidad había muerto y nacido miles de veces en toda mi existencia, sabía que uno muere, va al cielo y luego de un tiempo, corto o largo, tiene la oportunidad de renacer, reencarnar, y volver a empezar, lo desastrosa que es la vida en realidad, yo la había escogido, pero ¿por qué? ¿por qué había hecho tremenda estupidez? entonces habló la flor que tenía al lado, una rosa blanca, "Pues para volver a intentar la felicidad, encontrar el amor y tener la oportunidad de lograr la paz" me dijo... pero si todo eso ya lo tengo acá, ya montones, "es diferente en vida" dijo, y regresó a su posición de flor, original. Y yo, tranquila, me volví a dormir.

En mi sueño tuve una entrevista de trabajo, y era un trabajo muy extraño, trataba de escoger la familia exacta donde debía nacer, y esta vez, escogía una familia muy adinerada pero con un padre con problemas de alcoholismo, y yo iba a ser drogadicto, y engreído, y me iban a quitar el dinero cuanto antes, y iba a terminar preso, por tres años, esto lo leía en un papel, y cuando puse mi firma, pues ya no podía ver el final de la vida de este muchacho, el cual, iba a ser yo, un señor me dijo, "nacerás en 24 horas, haz tus maletas y carga los beneficios que quieras, puede ser tu tabla hawaiana y tu atracción por las mujeres" y al instante, desperté, y no me daba cuenta de lo que había hecho, ni porqué pero, había firmado en la familia que iba a nacer.

Cuando tuve consciencia de este sueño, casi me mato, pero me di cuenta que iba a ser una vida diferente, y que si, tenía sentido volver a la tierra, a pesar de que hace poco había pensado que jamás lo haría, creo que, de alguna manera, esta situación era adecuada. Además esto era un trabajo, una especie de labor que tenía que hacer, después de todo, yo era un humano, y si, había dicho humano, en masculino, y vi mi cuerpo, y era el muchacho, a sus 17 años de edad. Me llamo Guillermo me dijo, me dirán Guil pero esta vida, ¿cómo va a ser?, me preguntó, no tengo idea, le contesté, mirándolo a través de un espejo, pero creo que va a ser divertida, sí pero y eso de la cárcel ¿? son sólo 3 años le contesté, y una sola vez, bueno, me dijo, vamos, es hora de empezar a mutar, el parto es mañana, a primera hora, ¿qué quieres hacer?, creo que ya está todo escrito, me hablaba a mi mismo a través del espejo. Fácil vamos a correr olas y a tener sexo dijo el niño, no me pareció mala idea, dijo Lucy, yo voy a sentarme a la playa y a ver como corres tu, ¿te parece? si, vamos.

No, tengo una mejor idea, me dije al ya ser Guillermo, quiero conocer en este momento a la que será la mujer de mi vida, con la que me casaré, para no equivocarme cuando la vea en vida, quería conocer el amor antes de errar, aunque sabía que tendría muchas fantasías amorosas, pero me dijeron los ángeles, que todo iba a ser una ilusión que olvidaría inmediatamente al salir de la sala de partos, acepté, y fue en ese momento que llegó Ximena, abrió la puerta de mi corazón y entró, fue dentro de mi imaginación que tuvimos una cena deliciosa, comiendo platos y conversando de lo que sería nuestra relación, con las peleas, y los aciertos, las dificultades y también las noches de gloria.

Ella me contó que estaba en este momento en su propio cielo, con su madre y su hermana, pues ellas habían jurado no separarse nunca, y que no aceptarían de ninguna manera no reencarnar juntas, y qee ya sabía que en la siguiente vida ella iba a ser la madre, y que ambas serían sus dos hijas, "nuestras hijas Guille", yo pude verlas en una especie de holograma, eran bellas, y se veían que tenían esa magia de la que siempre me había enamorado, "mis hijas" pensé... "Nuestras hijas" me contestó Ximena mientras el escenario cambiaba a una montaña y la comida se desvanecía con los vientos que soplaban suavemente.

Caminamos a lo alto, esta vez con botines de caminante, y a lo lejos vimos una casa preciosa, con cipreses y árboles de cerezo en flor... supímos que esa sería nuestra casa en la que nos retiraríamos de mayores hasta viejos, iluminada esta vez por un sol que caía con un un atardecer entre amarillo y rosado, y fuimos a sentarnos al lado del río que pasaba, de la mano, y luego abrazados, "¿nos hemos conocido en vidas pasadas?" le pregunté a la consciencia que rodeaba el espacio, y afirmó que nos habíamos cruzado no solo en otras vidas, sinó en cielos diferentes, en muchas ocasiones, pregunté entonces si éramos almas gemelas, pero la respuesta fue negativa, pero que si habíamos sido compatibles desde siempre, y en una nube en el firmamento vimos ambos como hacíamos el amor en otras vidas, con diferentes cuerpos y edades, muchas veces ella de hombre y yo como la mujer, otras incluso más antiguas se nos venía escapando de casa para estar cerca, y nuevamente nos juntábamos entre los matorrales para hacer el amor.

Ella me besó, sentí su boca entre mis labios, su lengua pasar dentro mío como si encontrara mi alma triste por dejar el paraíso, para pronto dejar este ensueño y enfrentarse nuevamente al planeta de los vivos, con ese frío, y esos veranos pesados al tener que trabajar para vivir, pero me explicaron que esta vez mi vida iba a ser más simple, y cómoda, y en realidad incluso extremadamente divertida, nos besamos una vez más y cuando abrí los ojos, fue como un despertar, ya no existía ella frente a mí, sinó una copa de agua pura, y el arcángel Gabriel la tenía colmada de agua bendita, pero no era un agua bendita común, habló el arcángel Gabriel, sino que la había bendecido el mismo Dios, y este, era mi última respiración antes de abrir los ojos en tierra, le di un buen sorbo al agua bendita por Dios, respiré profundo y al exhalar, sentí el llanto de un bebe naciendo desde mis pulmones y el cielo... desapareció en forma de un sueño al despertar, ahora... estaba vivo.

FIN

Andrés Barreda Noriega

Also by Andrés Barreda Noriega

El Silencio de la Verdad
La Solución de la Totalidad
The Solution of Totality
La Mujer que Entendió
Detrás de la Realidad
El Holograma Universal
L'hologramme universel
El hombre que decidió renunciar al amor
L'homme qui a décidé d'abandonner l'amour
O homem que decidiu desistir do amor
El Cielo

About the Author

Biografía de Andrés Barreda Noriega

Andrés Barreda Noriega, nacido en Lima en 1983, es un novelista, poeta, y artista de renombre cuya obra ha dejado una huella indeleble en la literatura contemporánea. Con una carrera que abarca la poesía, la narrativa y las artes visuales, Barreda Noriega ha sido galardonado con el prestigioso premio "Caballero Ilustre de los Andes", un reconocimiento a su contribución significativa al arte y la cultura.

Conocido por su estilo lírico y evocador, Andrés ha cautivado a lectores y críticos por igual con su habilidad para explorar los rincones más profundos del alma humana y los misterios de la existencia. Su escritura es una fusión de poesía y prosa, creando mundos que desafían los límites de la imaginación.

En su más reciente obra, El Cielo, Barreda Noriega se adentra en un territorio místico, llevando a los lectores en un viaje más allá de la vida terrenal. La novela, que explora el concepto de un paraíso celestial, sorprende por su capacidad para expandir las fronteras de la imaginación y ofrecer una visión sublime de la eternidad. Con El Cielo, Andrés Barreda Noriega reafirma su lugar como una de las voces literarias más innovadoras y trascendentales de su generación.

About the Publisher

Editorial SINCERIUM

Fundada en la década del 2020, en Lima Perú, con la intención de difundir textos literarios mundialmente y sin reservar límites ni tampoco dejar atrás el valor ético y moral, que la editorial Sincerium incluye en su escencia.

Milton Keynes UK
Ingram Content Group UK Ltd.
UKHW021820060924
447980UK00012B/603

9 798224 453917